COLLECTION FOLIO

Antonio Tabucchi

Pereira prétend

Un témoignage

*Traduit de l'italien
par Bernard Comment*

Gallimard

Titre original :

SOSTIENE PEREIRA

© *1994 by Antonio Tabucchi.*
© *Éditions Gallimard, 2010, pour la traduction française.*

Né à Pise en 1943, Antonio Tabucchi est l'auteur d'une vingtaine de livres (romans et récits) traduits dans le monde entier et qui ont reçu plusieurs récompenses internationales. Philologue et traducteur italien de Pessoa, auquel il a consacré plusieurs essais, il a été professeur à l'université de Sienne, et professeur invité au Bard College de New York et au Collège de France. Il a collaboré au *Monde*, au *Corriere della Sera* et à *El País*, et a publié de nombreux textes dans *La Nouvelle Revue Française*.

Certains de ses livres ont été adaptés au théâtre et au cinéma (*Nocturne indien* par Alain Corneau, *Le fil de l'horizon* par Fernando Lopes, *Pereira prétend* par Roberto Faenza, *Requiem* par Alain Tanner). Il est décédé le 25 mars 2012.

I

Pereira prétend avoir fait sa connaissance par un jour d'été. Une magnifique journée d'été, ensoleillée, venteuse, et Lisbonne qui étincelait. Il semble que Pereira se trouvait alors à la rédaction, il ne savait que faire, le directeur était en vacances, son souci consistait à devoir monter la page culturelle, parce que le *Lisboa* avait dorénavant une page culturelle, dont on lui avait confié la responsabilité. Et lui, Pereira, réfléchissait sur la mort. En ce beau jour d'été, avec la brise atlantique qui caressait la cime des arbres, avec le soleil qui resplendissait, et une ville qui scintillait, oui, qui scintillait littéralement sous sa fenêtre, et un ciel bleu, un ciel d'un bleu jamais vu, prétend Pereira, d'une netteté qui blessait presque les yeux, il se mit à songer à la mort. Pourquoi? Cela, Pereira ne saurait le dire. Peut-être parce que, dans son enfance, son père avait eu une agence de pompes funèbres qui s'appelait *Pereira La Douloureuse*, ou peut-être parce que sa femme était morte de phtisie quelques années auparavant, ou encore parce qu'il était gros, souffrait du cœur, avait une pression artérielle trop haute, et que le médecin lui avait dit que s'il continuait comme ça il ne lui resterait plus longtemps à vivre, le fait est que Pereira se mit à songer à la mort, prétend-il. Et par hasard, par pur hasard, il commença de feuilleter une revue. C'était une revue littéraire, qui avait cependant aussi une section de philosophie. Peut-être une revue d'avant-garde, Pereira n'en est pas sûr, mais qui avait beaucoup de collaborateurs catholiques. Et Pereira était catholique, ou du moins se sentait-il catholique à ce moment-là, un bon catholique, quoiqu'il y eût une chose à laquelle il ne pouvait pas croire : à la résurrection de la chair. À l'âme oui, certainement, car il était sûr d'avoir une âme; mais la chair, toute cette viande qui entourait son âme, ah! non, ça n'allait pas ressusciter, et pourquoi aurait-il fallu que cela ressuscite? se demandait Pereira. Toute cette graisse qui l'accompagnait quotidiennement, et la sueur, et l'essoufflement à monter les escaliers, pourquoi tout cela devrait-il ressusciter? Non, de ça, dans une autre vie, pour l'éternité, il n'en voulait plus, Pereira, et il ne voulait pas croire à la résurrection de la chair. Il commença ainsi de feuilleter la revue, dans l'indifférence, parce qu'il s'ennuyait, prétend-il, et il découvrit un article qui disait : « À partir d'un mémoire soutenu le mois dernier à l'Université de Lisbonne, nous publions une réflexion sur la mort.

L'auteur en est Francesco Monteiro Rossi, qui a obtenu sa maîtrise en philosophie avec la note maximale. Il ne s'agit ici que d'un extrait de son travail, dont nous publierons peut-être d'autres pages dans un proche avenir. »

Pereira prétend qu'au début il eut une lecture distraite de l'article, qui n'avait pas de titre, puis il revint machinalement en arrière et en recopia un morceau. Pourquoi le fit-il ? Cela, Pereira n'est pas en mesure de le dire. Peut-être parce que cette revue d'avant-garde catholique le dérangeait, peut-être parce que ce jour-là il en avait assez de l'avant-garde et du catholicisme, bien que lui-même fût profondément catholique, ou peut-être parce qu'à ce moment-là, dans cet été étincelant de Lisbonne, avec toute cette masse qui lui pesait dessus, il détestait l'idée de la résurrection de la chair, toujours est-il qu'il se mit à recopier l'article, peut-être pour pouvoir jeter la revue dans la corbeille.

Il prétend qu'il ne le recopia pas en entier, il en recopia quelques lignes seulement, qui sont les suivantes et qu'il peut fournir comme document : « Le rapport qui caractérise le sens de notre être de la façon la plus profonde et générale est celui de la vie avec la mort, parce que la limitation de notre existence au moyen de la mort est décisive pour la compréhension et l'évaluation de la vie. » Puis il prit l'annuaire des téléphones et se dit à lui-même : Rossi, quel nom étrange, il ne doit pas y avoir plus d'un Rossi dans l'annuaire, et il prétend qu'il fit un numéro, car il s'en souvient bien, de ce numéro, et qu'à l'autre bout du fil il entendit une voix qui disait : allô. Allô, dit Pereira, ici c'est le *Lisboa*. Et la voix dit : oui? Eh bien, prétend avoir dit Pereira, le *Lisboa* est un journal de Lisbonne, né il y a quelques mois, je ne sais pas si vous l'avez vu, nous sommes apolitiques et indépendants, mais nous croyons à l'âme, je veux dire que nous avons des tendances catholiques, et j'aimerais parler à Monsieur Monteiro Rossi. Pereira prétend qu'il y eut un moment de silence à l'autre bout, puis la voix dit que c'était Monteiro Rossi en personne, et que l'âme n'était pas vraiment son affaire. Pereira garda à son tour le silence pendant quelques secondes, parce que ça lui paraissait étrange, prétend-il, qu'une personne qui avait signé des réflexions aussi profondes sur la mort n'eût pas réfléchi sur l'âme. Il pensa donc qu'il y avait un malentendu, et il eut tout de suite l'idée de la résurrection de la chair, qui était une de ses idées fixes; il dit qu'il avait lu l'article de Monteiro Rossi sur la mort, puis il dit que lui non plus, Pereira, ne croyait pas à la résurrection de la chair, si c'est cela que Monsieur Monteiro Rossi entendait. En résumé, Pereira s'embrouilla, prétend-il, ce qui l'irrita, et l'irrita principalement contre lui-même, parce qu'il s'était mis dans la mauvaise posture de téléphoner à un inconnu et de lui parler de choses aussi délicates, voire intimes, que l'âme et la résurrection de la chair. Pereira le regretta, prétend-il, et pour un peu il aurait raccroché le combiné, mais ensuite, qui sait pourquoi, il trouva la force de continuer, disant qu'il s'appelait Pereira, doutor Pereira[1], qu'il dirigeait la page culturelle du *Lisboa* et que, certes, le *Lisboa* était pour l'heure un journal de l'après-midi, c'est-à-dire un journal qui bien sûr ne pouvait pas rivaliser avec les autres journaux de la capitale, mais dont il était certain qu'il ferait son chemin, tôt ou tard ; c'était vrai que, pour l'heure, le *Lisboa* consacrait son espace avant tout à la chronique du cœur mais, bon, à présent ils avaient décidé de publier une page culturelle qui sortait le samedi, et la rédaction n'était pas encore au complet, c'est pour cela qu'il avait besoin de personnel, d'un collaborateur externe qui tiendrait une rubrique fixe.

Pereira prétend que le dénommé Monteiro Rossi bredouilla aussitôt qu'il passerait à la rédaction le jour même, il dit également que le travail l'intéressait, que tous les travaux l'intéressaient, parce que, ça oui, il avait vraiment besoin de travailler, maintenant qu'il avait fini l'université et qu'il devait subvenir à ses besoins, mais Pereira eut la précaution de lui dire qu'à la rédaction, non, pour le moment il valait mieux pas, peut-être pouvaient-ils se retrouver dehors, en ville, et que c'était préférable de se

1. Au Portugal (*doutor*) comme en Italie (*dottore*), on donne couramment le titre de docteur à quelqu'un qui a passé sa maîtrise. Il nous a paru juste de laisser cette touche locale dans la traduction, d'autant que le "Monsieur" français n'offre pas une solution satisfaisante. (*Toutes les notes sont du traducteur.*)

donner un rendez-vous. Il dit cela, prétend-il, parce qu'il ne voulait pas inviter une personne inconnue dans cette petite chambre glauque de la Rua Rodrigo da Fonseca, où ronflait un ventilateur asthmatique et où régnait toujours une mauvaise odeur de friture à cause de la concierge, une mégère qui regardait tout le monde d'un air soupçonneux et qui passait son temps à faire de la friture. Et puis il ne voulait pas qu'un inconnu découvre que la rédaction culturelle du *Lisboa* se résumait à lui seul, Pereira, un homme qui transpirait de chaleur et d'ennui dans ce cagibi. Il lui demanda donc, prétend Pereira, s'ils pouvaient se rencontrer en ville, et lui, Monteiro Rossi, lui dit : ce soir, à Praça da Alegria, il y a un bal populaire avec des chansons et des gens qui gratteront la guitare, j'ai été invité à chanter une romance napolitaine, vous savez, je suis à moitié italien, mais je ne connais pas le napolitain, quoi qu'il en soit le propriétaire de l'établissement m'a réservé une table dehors, il y aura un petit carton avec Monteiro Rossi écrit dessus, que diriez-vous de nous voir là ? Pereira dit que oui, prétend-il, puis il raccrocha le combiné, essuya sa transpiration, et il eut alors la magnifique idée de faire une brève rubrique intitulée « Éphémérides », qu'il pensa publier tout de suite le samedi suivant, de sorte que, presque machinalement, peut-être parce qu'il pensait à l'Italie, il écrivit le titre : *Il y a deux ans disparaissait Luigi Pirandello*. Puis, en dessous, il écrivit le faux titre : « Le grand dramaturge avait présenté à Lisbonne son *Je rêve, mais peut-être que non.* »

C'était le vingt-cinq juillet mil neuf cent trente-huit, et Lisbonne scintillait dans le ciel bleu d'une brise atlantique, prétend Pereira.

II

Pereira prétend que, cet après-midi-là, le temps changea. Soudain la brise atlantique cessa, un épais rideau de brume arriva de l'océan et la ville se trouva enveloppée dans un suaire de chaleur. Avant de sortir de son bureau, Pereira regarda le thermomètre qu'il avait acheté à ses frais et qu'il avait suspendu derrière la porte. Il indiquait trente-huit degrés. Pereira éteignit le ventilateur, rencontra la concierge dans les escaliers, qui lui dit au revoir doutor Pereira, il flaira une fois encore l'odeur de friture qui flottait dans la cour et, finalement, il sortit à l'air libre. Devant la porte d'entrée se trouvait le marché du quartier, deux camionnettes de la Guarda Nacional Republicana y étaient stationnées. Pereira savait que le marché était en agitation, car le jour d'avant, dans l'Alentejo, la police avait tué un charretier qui était un des fournisseurs du lieu et qui était socialiste. C'est pour cela que la Guarda Nacional Republicana stationnait devant les grilles du marché. Mais la direction du

Lisboa n'avait pas eu le courage de passer l'information, c'est-à-dire le vice-directeur, car le directeur était en vacances, il était au Buçaco, pour jouir de la fraîcheur et des eaux thermales et, de toute façon, qui aurait pu avoir le courage d'informer qu'un charretier socialiste avait été massacré sur sa charrette dans l'Alentejo et qu'il avait couvert de sang tous ses melons ? Personne, car le pays se taisait, il ne pouvait pas faire autrement que se taire, et pendant ce temps les gens mouraient et la police agissait à sa guise. Pereira commença de transpirer, parce qu'il songea de nouveau à la mort. Et il se dit : cette ville pue la mort, toute l'Europe pue la mort.

Il se rendit au Café Orquídea, qui se trouvait à deux pas de là, après la boucherie juive, et il s'assit à une petite table, mais à l'intérieur de l'établissement, parce que, là, il y avait au moins les ventilateurs, alors que dehors la chaleur était insupportable. Il commanda une citronnade, alla aux toilettes, se rinça les mains et le visage, puis il se fit apporter un cigare, demanda le journal de l'après-midi et Manuel, le garçon, lui apporta précisément le *Lisboa*. Il n'avait pas vu les épreuves, ce jour-là, aussi le feuilleta-t-il comme s'il s'était agi d'un journal inconnu. La première page disait : « Le yacht le plus luxueux du monde est parti aujourd'hui de New York. » Pereira regarda longuement le titre, puis il regarda la photographie. C'était une image qui montrait un groupe de personnes en canotier et chemise en train de faire sauter des bouchons de champagne. Pereira commença de transpirer, prétend-il, et il réfléchit une nouvelle fois à la résurrection de la chair. Comment, pensa-t-il, si je ressuscite, ce sera pour me retrouver avec ces gens en canotier ? Il s'imagina vraiment parmi les gens du yacht dans un port indéfini de l'éternité. Et l'éternité lui parut un lieu insupportable, écrasé par une chape de chaleur brumeuse, avec des gens qui parlaient en anglais et portaient des toasts en s'exclamant : oh ! oh ! Pereira se fit apporter une autre citronnade. Il se demanda s'il convenait de rentrer chez lui pour prendre un bain froid ou si ce n'était pas l'occasion d'aller trouver son ami curé, don António de l'église das Mercês, qui l'avait entendu en confession quelques années auparavant, quand sa femme était décédée, et à qui il allait rendre visite une fois par mois. Il pensa qu'il était préférable d'aller trouver don António, peut-être cela allait-il lui faire du bien.

Et c'est ce qu'il fit. Pereira prétend que, cette fois-là, il oublia de payer. Il se leva avec désinvolture, ou plutôt sans y penser, et il s'en alla, simplement, laissant son journal et son chapeau sur la table, peut-être parce que avec cette chaleur il n'avait pas envie de se le mettre sur la tête, ou parce qu'il avait pour habitude d'oublier les objets.

Le père António était effondré, prétend Pereira. Il avait des cernes qui lui arrivaient jusqu'aux joues, et un air épuisé, comme quelqu'un qui n'a pas dormi. Pereira lui demanda ce qui lui était arrivé et le père António lui dit : comment, tu n'es pas au courant ? ils ont massacré un homme de l'Alentejo sur sa charrette, il y a des grèves, ici en ville et ailleurs, mais dans quel monde vis-tu, toi qui travailles dans un journal ? écoute-moi Pereira, tu ferais bien d'aller un peu t'informer.

Pereira prétend qu'il sortit fort troublé par cette brève conversation et par la manière dont il avait été congédié. Il se demanda : dans quel monde est-ce que je vis ? Et il lui vint la bizarre idée que, peut-être, il ne vivait pas, c'était comme s'il était déjà mort. Ou mieux : il ne faisait rien d'autre que penser à la mort, à la résurrection de la chair à laquelle il ne croyait pas et à d'autres sottises de ce genre, sa vie n'était qu'une survie, une fiction de vie. Et il éprouva une sensation d'épuisement, prétend Pereira. Il réussit à se traîner jusqu'à l'arrêt du tram le plus proche et prit celui qui conduisait au Terreiro do Paço. À travers la fenêtre, il regardait défiler lentement sa Lisbonne, il regardait l'Avenida da Liberdade, avec ses beaux immeubles, puis la Praça do Rossio, de style anglais ; au Terreiro do Paço, il changea pour un tram qui montait jusqu'au Château. Il descendit à la hauteur de la Cathédrale, car il habitait tout près de là, dans la Rua da Saudade. Il gravit péniblement la rampe qui menait à sa maison. Il sonna chez la concierge, parce qu'il n'avait pas envie de chercher les clés de la porte d'entrée de l'immeuble, et la concierge, qui lui servait aussi de gouvernante, vint lui ouvrir. Doutor Pereira, dit la concierge, je vous ai préparé une côtelette frite pour le dîner. Pereira la remercia, monta lentement les escaliers, prit les clés de son appartement sous le paillasson, où il les laissait toujours, et entra. Dans le vestibule, il s'arrêta devant la bibliothèque, où se trouvait le portrait de sa femme. Cette photographie, c'est lui qui l'avait prise, en mil neuf cent vingt-sept, lors d'un voyage à Madrid, et l'on voyait au fond la silhouette massive de l'Escurial. Excuse-moi si je suis un peu en retard, dit Pereira.

Pereira prétend que, depuis quelque temps, l'habitude lui était venue de parler au portrait de sa femme. Il lui racontait ce qu'il avait fait durant la journée, lui confiait ses pensées, demandait des conseils. Je ne sais pas dans quel monde je vis, dit Pereira au portrait, le père António lui aussi me l'a dit, le problème c'est que je ne fais rien d'autre que penser à la mort, il me semble que le monde entier est mort ou qu'il est en passe de l'être. Puis Pereira pensa au fils qu'ils n'avaient pas eu. Lui, oui, il en aurait voulu un, mais il ne pouvait pas le demander à cette femme frêle et souffrante qui passait des nuits sans sommeil et de longues périodes au sanatorium. Il en eut le regret. Parce que si à présent il avait eu un fils, un fils adulte avec qui s'asseoir à table et discuter, il n'aurait pas eu besoin de parler à ce portrait qui le renvoyait à un voyage lointain dont il ne se souvenait plus. Et il dit : bah, tant pis, ce qui était sa formule pour donner congé au portrait de sa femme. Puis il alla à la cuisine, s'assit à la table et enleva le couvercle qui recouvrait la poêle. La côtelette était froide, mais il n'avait pas envie de la réchauffer. Il la mangeait toujours ainsi, telle que la lui avait laissée la concierge : froide. Il mangea rapidement, alla à la salle de bains, se lava les aisselles, changea de chemise, mit une cravate noire et s'aspergea d'un peu de parfum espagnol resté dans un flacon qu'il avait acheté en mil neuf cent vingt-sept à Madrid. Puis il endossa un veston gris et sortit pour aller à Praça da Alegria, car il était à présent neuf heures du soir, prétend Pereira.

III

Pereira prétend que, ce soir-là, la ville semblait aux mains de la police. Il y en avait partout. Il prit un taxi jusqu'au Terreiro do Paço où, sous les portiques, se trouvaient des camionnettes et des agents armés de mousquetons. Peut-être avaient-ils peur de manifestations ou de rassemblements sur la place, raison pour laquelle ils occupaient les points stratégiques de la ville. Il aurait voulu poursuivre à pied, parce que le cardiologue lui avait dit qu'il lui fallait du mouvement, mais il n'eut pas le courage de passer devant ces militaires sinistres, et prit donc le tram qui parcourait Rua dos Fanqueiros pour aboutir à Praça de Figueira. Il descendit là, prétend-il, et trouva d'autres policiers. Cette fois il dut passer devant les détachements, et il en éprouva un léger malaise. En passant, il entendit un officier qui disait aux soldats : et souvenez-vous, les garçons, que les subversifs sont toujours aux aguets, il est bon de garder les yeux ouverts.

Pereira regarda autour de lui, comme si c'était à lui que le conseil avait été donné, et il ne lui parut pas qu'il y eût besoin de garder les yeux particulièrement ouverts. L'Avenida da Liberdade était tranquille, le kiosque du glacier était ouvert et il y avait du monde aux tables, des gens qui prenaient le frais. Il se mit à marcher tranquillement sur le trottoir central, et c'est à ce moment, prétend-il, qu'il commença d'entendre la musique. C'était une musique douce et mélancolique, avec des guitares de Coimbra, et il trouva étrange cette conjonction de musique et de forces de police. Il pensa que cela venait de Praça da Alegria, et c'était en effet le cas, parce que, au fur et à mesure qu'il s'en rapprochait, la musique augmentait d'intensité.

On n'aurait vraiment pas dit la place d'une ville en état de siège, prétend Pereira, parce qu'il ne vit pas de policiers, non, il vit juste un garde de nuit qui lui parut ivre et qui somnolait sur un banc. La place était ornée de festons en papier, avec des ampoules jaunes et vertes qui pendaient à des fils tendus d'une fenêtre à l'autre. Il y avait des tables dehors, et quelques couples qui dansaient. Puis il vit une banderole de tissu déployée entre deux arbres de la place, qui portait une énorme inscription : *Honneur à Francisco Franco.* Et en dessous, en lettres plus petites : *Honneur aux militaires portugais en Espagne.*

Pereira prétend qu'il comprit à ce moment-là seulement qu'il s'agissait d'une grande fête salazariste, et que, pour cette raison, elle n'avait pas besoin d'être encadrée par la police. Et c'est alors seulement qu'il se rendit compte que beaucoup de monde portait la chemise verte et le foulard au cou. Il s'arrêta, atterré, et en un instant il pensa à plusieurs choses différentes. Il pensa que peut-être Monteiro Rossi était un des leurs, il pensa au charretier de l'Alentejo qui avait taché de sang ses melons, il pensa à ce qu'aurait dit le père António s'il l'avait vu dans ce lieu. Il pensa à tout cela, s'assit sur le banc où somnolait le gardien de nuit, et il se laissa aller à ses pensées. Ou mieux, il se laissa aller à la musique, parce que la musique, malgré tout, lui plaisait. Il y avait deux vieillards qui jouaient, l'un de la viole, l'autre de la guitare, et ils jouaient de poignantes musiques de Coimbra qui dataient de sa jeunesse, de l'époque où il était étudiant universitaire et où il songeait à la vie comme à un avenir radieux. Lui aussi, à cette époque, jouait de la viole dans les fêtes étudiantes, il était maigre et vif, et les jeunes filles tombaient amoureuses de lui. Toutes ces belles jeunes filles qui étaient folles de lui. Et lui, au contraire, s'était pris de passion pour une petite fille fragile et pâle, qui écrivait des poésies et avait souvent mal à la tête. Puis il pensa à d'autres choses de sa vie, mais celles-là, Pereira ne veut pas les mentionner, car il prétend que ce sont les siennes et uniquement les siennes et qu'elles n'ajoutent rien à cette soirée ni à cette fête où il était arrivé malgré lui. Ensuite, à un certain moment, Pereira prétend qu'il vit un jeune homme grand et svelte avec une chemise claire se lever d'une table et aller se mettre entre les deux musiciens. Et, qui sait pourquoi, il ressentit un coup au cœur, peut-être parce qu'il lui parut se reconnaître dans ce jeune homme, il lui parut se retrouver lui-même au temps de Coimbra, car d'une certaine façon il lui ressemblait, non pas physiquement, mais dans sa manière de bouger, et un peu par la chevelure, avec des mèches qui lui tombaient sur le front. Le jeune homme commença de chanter une chanson italienne, *O sole mio*, dont Pereira ne comprenait pas les paroles, mais c'était une chanson pleine de force et de vie, belle et limpide, il ne comprenait que les mots «o sole mio» et rien d'autre, et tandis que le jeune homme chantait, une petite brise atlantique s'était de nouveau levée, la soirée était fraîche, et tout lui parut beau, sa vie passée dont il ne veut pas parler, Lisbonne, la voûte du ciel qu'on voyait au-dessus des ampoules colorées, et il ressentit une grande nostalgie, mais Pereira ne veut pas dire à propos de quoi. En tout cas, il comprit que le jeune homme qui chantait était la personne avec qui il avait parlé au téléphone dans l'après-midi, de sorte que, quand celui-ci eut fini de chanter, Pereira quitta le banc, car la curiosité était plus forte que sa réserve, il se dirigea vers la petite table et dit au jeune homme : Monsieur Monteiro Rossi, j'imagine. Monteiro Rossi, en se levant, heurta la petite table, et la chope de bière qui était devant lui tomba et fit une grande tache sur son beau pantalon blanc. Je vous prie de m'excuser, bredouilla Pereira. C'est moi qui suis maladroit, dit le jeune homme, ça m'arrive souvent, vous êtes le doutor Pereira du *Lisboa*, je suppose, installez-vous je vous en prie. Et il lui tendit la main.

Pereira prétend qu'il s'installa à la petite table en éprouvant un certain embarras. Il pensa pour lui-même que sa place n'était pas là, que c'était absurde de rencontrer un inconnu dans cette fête nationaliste, que le père António n'aurait pas approuvé son comportement, et qu'il aurait désiré être déjà de retour chez lui et parler au portrait de sa femme pour lui demander pardon. Ce fut ce mélange de pensées qui lui donna le courage de poser une question directe, pour lancer la conversation, et sans trop réfléchir il demanda à Monteiro Rossi : c'est une fête de la jeunesse salazariste, vous faites partie de la jeunesse salazariste ?

Monteiro Rossi remit en place la mèche de cheveux qui lui tombait sur le front et répondit : j'ai une maîtrise en philosophie, je m'intéresse à la philosophie et à la littérature, mais, pour le reste, qu'est-ce que cela a à voir avec le *Lisboa* ? Cela a quelque chose à voir, prétend avoir répondu Pereira, car nous faisons un journal libre et indépendant, et nous ne voulons pas nous impliquer dans la politique.

À ce moment-là les deux petits vieux recommencèrent de jouer, ils tiraient de leur cordes mélancoliques une chanson franquiste, mais Pereira, malgré sa gêne, comprit qu'il était pris dans le jeu et qu'il devait tenir son rôle. De façon étrange, il comprit d'ailleurs qu'il était en mesure de le faire, qu'il avait la situation en main, car il était le doutor Pereira du *Lisboa* et le jeune homme qui était en face de lui était pendu à ses lèvres. C'est ainsi qu'il dit : j'ai lu votre article sur la mort, il m'a semblé très intéressant. J'ai fait un mémoire sur la mort, répondit Monteiro Rossi, mais laissez-moi vous dire que tout n'est pas de mon cru, ce morceau que la revue a publié je l'ai copié, je vous le confesse, en partie chez Feuerbach et en partie chez un spiritualiste français, mon professeur lui-même ne s'en est pas rendu compte, vous savez, les professeurs sont plus ignorants qu'on ne le croit. Pereira prétend qu'il y repensa à deux fois avant de poser la question qu'il avait préparée pendant toute la soirée, mais à la fin il se décida, après avoir commandé une boisson au jeune garçon en chemise verte qui les servait. Vous m'excuserez, dit-il à Monteiro Rossi, mais je ne bois pas de boissons alcoolisées, je ne bois que des citronnades, je vais en prendre une. Et tout en sirotant sa citronnade, il demanda à voix basse, comme si quelqu'un avait pu l'entendre et le censurer : mais vous, excusez-moi, bon, je voudrais vous demander, est-ce que la mort vous intéresse ?

Monteiro Rossi fit un large sourire, et cela l'embarrassa, prétend Pereira. Mais qu'est-ce que vous dites, doutor Pereira, s'exclama Monteiro Rossi, moi c'est la vie qui m'intéresse. Puis il continua à voix plus basse : écoutez, doutor Pereira, j'en ai assez de la mort, il y a deux ans ma mère est morte, elle était portugaise et elle enseignait, elle est morte du jour au lendemain, à cause d'un anévrisme au cerveau, mot compliqué pour dire en somme qu'une artère éclate ; l'année dernière mon père est décédé brusquement, il était italien et travaillait comme ingénieur naval dans les bassins du port de Lisbonne, il m'a laissé un peu d'argent, mais cet argent est déjà fini ; j'ai encore une grand-mère qui vit en Italie, mais je ne la vois plus depuis l'âge de douze ans et je n'ai pas envie d'aller en Italie, où il me semble que la situation est encore pire que la nôtre ; alors de la mort j'en ai vraiment assez, doutor Pereira, excusez-moi si je suis franc avec vous mais, aussi, pourquoi cette question ?

Pereira but une gorgée de sa citronnade, s'essuya les lèvres du revers de la main et dit : tout simplement parce que, dans un journal, il faut faire les éloges funèbres des écrivains, ou une nécrologie à chaque fois qu'un écrivain important meurt, or une nécrologie, on ne peut pas la faire au pied levé, il faut l'avoir déjà prête, et je cherche quelqu'un qui écrive des nécrologies anticipées pour les grands écrivains de notre époque, imaginez un peu si Mauriac venait à mourir demain, comment est-ce que je m'en tirerais ?

Pereira prétend que Monteiro Rossi commanda une autre bière. Depuis qu'il était arrivé, le jeune homme en avait bu au moins trois, au point que, d'après lui, il devait être déjà un peu éméché, ou du moins un peu remonté. Monteiro Rossi remit en place la mèche qui lui tombait sur le front et dit : doutor Pereira, je parle bien les langues et je connais les écrivains de notre époque ; moi, j'aime la vie, mais si vous voulez que je parle de la mort et que vous me payez, tout comme ils m'ont payé ce soir pour chanter une chanson italienne, je peux le faire, et pour après-demain je vous écris un éloge funèbre de García Lorca, qu'est-ce que vous dites de García Lorca ? au fond il a inventé l'avant-garde espagnole, de la même façon que notre Pessoa a inventé le modernisme portugais, et puis c'est un artiste complet, il s'est occupé de poésie, de musique et de peinture.

Pereira prétend avoir répondu que García Lorca ne lui semblait pas être le personnage idéal, on pouvait cependant essayer, pourvu qu'on en parle avec mesure et précaution, en se référant exclusivement à la figure de l'artiste sans toucher à d'autres aspects qui pouvaient être délicats, étant donné la situation. Et alors, avec le plus grand naturel possible, Monteiro Rossi lui dit : écoutez, excusez-moi si je vous le dis ainsi, je vais vous faire l'éloge funèbre de García Lorca, mais est-ce que vous ne pourriez pas m'avancer de l'argent ? j'ai besoin de m'acheter un pantalon neuf, celui-ci est tout taché, et demain je dois sortir avec une jeune fille qui va venir maintenant me chercher et que j'ai connue à l'université, c'est une de mes camarades et elle me plaît beaucoup, je voudrais l'emmener au cinéma.

IV

La jeune fille qui arriva, prétend Pereira, portait un chapeau de paille. Elle était très belle, de teint clair, avec des yeux verts et les lèvres bien dessinées. Elle était vêtue d'une robe avec des bretelles qui se croisaient dans le dos et faisaient ressortir ses épaules douces et bien droites.

Voici Marta, dit Monteiro Rossi, Marta je te présente le doutor Pereira du *Lisboa*, il m'a engagé ce soir, dorénavant je suis journaliste, comme tu le vois j'ai trouvé un travail. Elle répondit : enchantée, Marta. Puis, se tournant vers Monteiro Rossi, elle lui dit : je me demande pourquoi je suis venue à une soirée de ce genre, mais puisque j'y suis, tu pourrais peut-être me faire danser, mon petit sot, étant donné que la musique est entraînante et la soirée magnifique.

Pereira resta seul à la petite table, commanda une autre citronnade et la but à petites gorgées en regardant les deux jeunes gens qui dansaient lentement joue contre joue. Pereira prétend qu'en cet instant, il pensa de nouveau à sa vie passée, aux enfants qu'il n'avait jamais eus, mais il ne veut pas faire d'autres déclarations à ce sujet. Après la danse, les jeunes gens vinrent s'asseoir à la petite table et Marta, comme si elle parlait d'autre chose, dit : aujourd'hui j'ai acheté le *Lisboa*, malheureusement on n'y parle pas du type de l'Alentejo que la police a massacré sur sa charrette, on y parle d'un yacht américain, je ne crois pas que ce soit une information très intéressante. Pereira, éprouvant un sentiment injustifié de culpabilité, répondit : le directeur est en vacances, il est aux eaux, moi je ne m'occupe que de la page culturelle car, vous savez, le *Lisboa*, à partir de la semaine prochaine, aura une page culturelle, c'est moi qui la dirige.

Marta enleva son chapeau et le posa sur la table, libérant une cascade de cheveux châtains aux reflets rouges, prétend Pereira. Elle paraissait quelques années de plus que son compagnon, peut-être vingt-six ou vingt-sept ans, aussi lui demanda-t-il : et vous, qu'est-ce que vous faites dans la vie ? J'écris des lettres commerciales pour une entreprise d'import-export, répondit Marta, je travaille seulement le matin, comme ça l'après-midi je peux lire, me promener et voir parfois Monteiro Rossi. Pereira prétend qu'il trouva étrange qu'elle appelât le jeune homme par son nom, Monteiro Rossi, comme s'ils avaient seulement été des collègues ; quoi qu'il en soit il ne fit aucune objection, il changea de conversation et dit, simplement pour parler : je pensais que vous faisiez partie de la jeunesse salazariste. Et vous ? répliqua Marta. Oh, fit Pereira, ma jeunesse s'en est allée depuis un bon bout de temps, quant à la politique, à part le fait que cela ne m'intéresse pas beaucoup, je n'aime pas les personnes fanatiques, et il me semble que le monde est plein de fanatiques. Il faut distinguer entre le fanatisme et la foi, répondit Marta, car on peut avoir des idéaux, par exemple que les hommes soient libres et égaux, et frères aussi, vous m'excuserez, voilà que je me mets à réciter la révolution française, est-ce que vous croyez à la révolution française ? Théoriquement oui, répondit Pereira ; et il regretta ce théoriquement, car il aurait voulu dire : pratiquement oui ; mais au fond il avait dit ce qu'il pensait. À ce moment-là les deux petits vieux, l'un avec sa viole, l'autre avec sa guitare, attaquèrent une valse en fa, et Marta dit : doutor Pereira, j'aimerais bien danser cette valse avec vous. Pereira se leva, prétend-il, et lui tendit le bras pour la conduire jusqu'à la piste de danse. Il dansa cette valse presque avec transport, comme si son ventre et toute sa chair avaient disparu par enchantement. Tout en dansant, il regardait le ciel au-dessus des ampoules colorées de Praça da Alegria, et il se sentit minuscule, fondu dans l'univers. Il y a un gros homme d'un certain âge qui danse avec une jeune fille sur une quelconque place de l'univers, pensa-t-il, et dans le même temps les astres tournent, l'univers est en mouvement, et peut-être que quelqu'un nous regarde depuis un observatoire infini. Puis ils retournèrent à leur petite table et Pereira, prétend-il, songea : pourquoi n'ai-je pas eu d'enfants ? Il commanda une autre citronnade, en pensant que ça lui ferait du bien, parce que, dans l'après-midi, avec cette chaleur atroce, il avait eu des problèmes d'intestins. Marta, quant à elle, bavardait, comme si elle s'était trouvée tout à fait à son aise, et elle disait : Monteiro Rossi m'a parlé de votre projet journalistique, cela me semble une bonne idée, il y a plein d'écrivains pour qui il serait temps de s'en aller, encore heureux que cet insupportable Rapagnetta qui se faisait appeler D'Annunzio soit déjà parti il y a quelques mois, mais ce bigot de Claudel, lui aussi ça suffit, vous ne trouvez pas ? et à coup sûr votre journal, qui me paraît de tendance catholique, en parlerait volontiers, et puis cette canaille de Marinetti, quel sale type, après avoir chanté la guerre et les obus, il s'est mis du côté des chemises noires de Mussolini, ce serait bien qu'il disparaisse lui aussi. Pereira commença de transpirer légèrement, prétend-il, et il murmura : Mademoiselle, baissez la voix, je ne sais pas dans quelle mesure vous vous rendez compte du lieu où nous nous trouvons. Marta remit alors son chapeau et dit : bon, moi j'en ai marre de cet endroit, ça me tape sur les nerfs, vous verrez qu'ils vont bientôt se mettre à entonner des marches militaires, il vaut mieux que je vous laisse avec Monteiro Rossi, vous aurez sûrement des choses à discuter, pour ma part je vais jusqu'au Tage, j'ai besoin de respirer l'air frais, bonne nuit et au revoir.

Pereira prétend qu'il se sentit soulagé ; il termina sa citronnade et fut tenté d'en prendre une autre, mais il était indécis car il ne savait pas combien de temps encore Monteiro Rossi avait l'intention de rester là. Aussi demanda-t-il : qu'est-ce que vous diriez de prendre un autre verre ? Monteiro Rossi approuva, il dit qu'il avait toute la soirée à sa disposition et qu'il avait envie de parler de littérature, il en avait tellement peu l'occasion, d'habitude il parlait de philosophie, il ne connaissait que des gens qui s'occupaient uniquement de philosophie. C'est à ce moment-là que Pereira se souvint d'une phrase que lui disait toujours son oncle, lequel était un lettré manqué, et il la prononça. Il dit : la philosophie donne l'impression de s'occuper seulement de la vérité, mais peut-être ne dit-elle que des fantaisies, et la littérature donne l'impression de s'occuper seulement de fantaisies, mais peut-être dit-elle la vérité. Monteiro Rossi sourit et dit que ça lui paraissait être une bonne définition pour les deux disciplines. Alors Pereira lui demanda : et que pensez-vous de Bernanos ? Monteiro Rossi sembla un peu désorienté, au début, et demanda : l'écrivain catholique ? Pereira approuva d'un signe de la tête et Monteiro Rossi dit à voix basse : écoutez, doutor Pereira, moi, comme je vous l'ai dit au téléphone, ce n'est pas que je pense beaucoup à la mort, et je ne pense pas non plus trop au catholicisme, vous savez, mon père était ingénieur naval, c'était un homme pratique, qui croyait au progrès et à la technique, il m'a donné une éducation dans ce sens, c'est vrai qu'il était italien, mais peut-être m'a-t-il éduqué un peu à l'anglaise, avec une vision pragmatique de la réalité ; j'aime la littérature, mais peut-être nos goûts ne coïncident-ils pas, du moins pour ce qui concerne certains écrivains, j'ai cependant un grand besoin de travailler et je suis disposé à faire les nécrologies anticipées de tous les écrivains que vous désirez, ou plutôt que désire la direction de votre journal. Ce fut alors que Pereira, prétend Pereira, eut un sursaut d'orgueil. Il trouva un peu fort de tabac que ce jeune homme lui donne une leçon d'éthique professionnelle, bref, il le trouva arrogant. Il décida donc d'adopter lui-même un ton arrogant, et il répondit : je ne dépends pas de mon directeur dans mes choix littéraires, c'est moi qui dirige la page culturelle et c'est moi qui choisis les auteurs qui m'intéressent, voilà pourquoi je décide, moi, de vous confier la tâche et je vous donne carte blanche, j'aurais voulu vous suggérer Bernanos et Mauriac, parce qu'ils me plaisent, mais au point où nous en sommes je ne déciderai rien, à vous la décision, faites ce que bon vous semblera. Pereira prétend que sur le moment il regretta de s'être pareillement exposé, d'avoir pris des risques vis-à-vis de son directeur pour donner carte blanche à ce jeune homme qu'il ne connaissait pas et qui lui avait candidement avoué avoir copié son mémoire de maîtrise. Pendant un instant il se sentit pris au piège, il comprit qu'il s'était mis de son propre chef dans une situation stupide. Mais heureusement Monteiro Rossi reprit la conversation et commença à parler de Bernanos, qu'apparemment il connaissait assez bien. Puis il dit : Bernanos est un homme courageux, il n'a pas peur de parler des souterrains de son âme. Et à ce mot, âme, Pereira se sentit mieux, prétend-il, ce fut comme si un baume l'avait soulagé d'une maladie, aussi demanda-t-il un peu stupidement : est-ce que vous croyez à la résurrection de la chair ? Je n'y ai jamais pensé, répondit Monteiro Rossi, ce n'est pas un problème qui m'intéresse, je vous assure que ce n'est pas un problème qui m'intéresse, peut-être pourrais-je passer demain à la rédaction, je pourrais aussi vous faire une nécrologie anticipée de Bernanos, mais franchement je préférerais un éloge funèbre de García Lorca. Bien sûr, dit Pereira, la rédaction c'est moi, je suis à Rua Rodrigo da Fonseca numéro soixante-six, à côté de la rue Alexandre Herculano, à deux pas de la boucherie juive, si vous rencontrez la concierge dans les escaliers ne vous laissez pas impressionner, c'est une mégère, dites-lui que vous avez un rendez-vous avec le doutor Pereira, et ne lui parlez pas trop, ce doit être une informatrice de la police.

Pereira prétend qu'il ne sait pas pourquoi il dit cela, peut-être simplement parce qu'il détestait la concierge et la police salazariste, toujours est-il que ça lui vint ainsi, mais ce ne fut pas pour créer une complicité fictive avec ce jeune homme qu'il ne connaissait pas encore : non, ce ne fut pas pour ça, et le motif exact il l'ignore, prétend Pereira.

V

Le lendemain matin, quand Pereira se leva, prétend-il, une omelette au fromage entre deux tranches de pain l'attendait. Il était dix heures, et la femme de ménage venait à huit heures. Elle la lui avait évidemment préparée afin qu'il l'emporte à la rédaction pour l'heure du déjeuner, Piedade connaissait très bien ses goûts, Pereira adorait l'omelette au fromage. Il but une tasse de café, prit un bain, endossa son veston mais décida de ne pas mettre de cravate. Il la glissa cependant dans sa poche. Avant de sortir, il s'arrêta devant le portrait de sa femme et lui dit : j'ai trouvé un garçon qui s'appelle Monteiro Rossi et j'ai décidé de l'engager comme collaborateur externe pour lui faire faire des nécrologies anticipées, je pensais qu'il était très éveillé, et il me paraît au contraire un peu ahuri, il pourrait avoir l'âge de notre fils, si nous avions eu un fils, il me ressemble un peu, avec sa mèche de cheveux qui lui tombe sur le front, tu te souviens quand moi aussi j'avais une mèche de cheveux qui tombait sur le front? c'était au temps de Coimbra, bon, pour le moment je ne sais pas quoi t'en dire, on verra bien, il vient aujourd'hui me trouver à la rédaction, il a dit qu'il m'apporterait une nécrologie, il a une très belle petite amie qui s'appelle Marta et qui a des cheveux couleur cuivre, mais elle prend un peu trop ses aises et elle parle de politique, alors voilà, attendons de voir ce qui va se passer.

Il prit le tram jusqu'à la Rua Alexandre Herculano puis il remonta péniblement à pied jusqu'à la Rua Rodrigo da Fonseca. Quand il arriva devant la porte d'entrée, il ruisselait de sueur, car c'était une journée torride. Dans la cour, comme d'habitude, il rencontra la concierge qui lui dit : bonjour doutor Pereira. Pereira la salua d'un signe de la tête et monta les escaliers. À peine entré dans la rédaction, il se mit en bras de chemise et enclencha le ventilateur. Il ne savait que faire, et il était presque midi. L'idée lui vint de manger son sandwich à l'omelette, mais il était encore tôt. C'est alors qu'il se souvint de la rubrique «Éphémérides», et il se mit à écrire. «Il y a déjà trois ans que le grand poète Fernando Pessoa disparaissait. De culture anglaise, il avait choisi d'écrire en portugais, parce qu'il soutenait que sa patrie était la langue portugaise. Il nous a laissé de très belles poésies dispersées dans des revues et un petit poème, *Message*, l'histoire du Portugal vue par un grand artiste qui aimait sa patrie.» Il relut ce qu'il avait écrit et trouva cela répugnant, oui, c'est le mot, répugnant, prétend Pereira. Il jeta donc le feuillet dans la corbeille, et il écrivit : « Fernando Pessoa nous a quittés il y a trois ans. Bien rares sont ceux qui se sont rendu compte de son existence. Il a vécu au Portugal comme un étranger, peut-être du fait qu'il était partout un étranger. Il vivait seul, dans de modestes pensions ou des chambres de location. Ses amis se souviennent de lui, ainsi que les initiés, et ceux qui aiment la poésie ».

Puis il prit son sandwich à l'omelette et mordit dedans. À ce moment-là, il entendit frapper à la porte, il cacha le sandwich à l'omelette dans le tiroir, se nettoya la bouche avec une feuille de papier pelure pour machine à écrire et dit : entrez. C'était Monteiro Rossi. Bonjour doutor Pereira, dit Monteiro Rossi, excusez-moi, je suis peut-être en avance, mais je vous ai apporté quelque chose, enfin voilà, hier soir, quand je suis rentré à la maison, j'ai eu une brusque inspiration, et puis je pensais qu'on pourrait peut-être manger quelque chose ici, au journal. Pereira lui expliqua patiemment que cette pièce n'était pas le journal, c'était seulement une rédaction culturelle détachée, et que lui, Pereira, il était la rédaction culturelle, il croyait le lui avoir déjà dit, c'était seulement une pièce avec un bureau et un ventilateur, parce que le *Lisboa* était un petit journal de l'après-midi. Monteiro Rossi s'installa et sortit une feuille pliée en quatre. Pereira la prit et la lut. Impubliable, prétend Pereira, c'était un article vraiment impubliable. Cela décrivait la mort de García Lorca et commençait ainsi : « Il y a deux ans, dans des circonstances obscures, le grand poète espagnol Federico García Lorca nous a quittés. On pense à ses adversaires politiques, car il a été assassiné. Tout le monde se demande encore comment une telle barbarie a pu avoir lieu. »

Pereira détacha son regard de la feuille et dit : cher Monteiro Rossi, vous êtes un parfait romancier, mais mon journal n'est pas le lieu adapté pour écrire des romans, sur les journaux on écrit des choses qui correspondent à la vérité ou qui ressemblent à la vérité, vous ne devez pas dire d'un écrivain comment il est mort, dans quelles circonstances et pourquoi, vous devez simplement dire qu'il est mort, puis vous devez parler de son œuvre, des romans et des poésies, et faire certes une nécrologie, mais qui au fond doit être une critique, un portrait de l'homme et de l'œuvre, ce que vous avez écrit est parfaitement inutilisable, la mort de García Lorca est encore mystérieuse, et si les choses ne s'étaient pas passées ainsi que vous l'affirmez ?

Monteiro Rossi objecta que Pereira n'avait pas fini de lire l'article, plus loin il parlait de l'œuvre, de la figure, de la stature de l'homme et de l'artiste. Pereira, patiemment, continua sa lecture. Dangereux, prétend-il, l'article était dangereux. Il parlait de l'Espagne profonde, de l'Espagne très catholique que García Lorca avait pris pour cible de ses flèches dans *La Maison de*

Bernarda, il parlait de la « Baraca », le théâtre ambulant que García Lorca avait apporté au peuple. Et là, il y avait tout un éloge du peuple espagnol, qui avait soif de culture et de théâtre, et que García Lorca avait comblé. Pereira leva la tête de l'article, prétend-il, il se remit les cheveux en place, retroussa les manches de sa chemise et dit : cher Monteiro Rossi, permettez-moi d'être franc avec vous, votre article est impubliable, vraiment impubliable. Moi en tout cas, je ne peux pas le publier, mais à vrai dire aucun journal portugais ne pourrait le publier, et pas même un journal italien, vu que l'Italie est votre pays d'origine, alors il y a deux hypothèses : ou vous êtes un inconscient, ou vous êtes un provocateur, et le journalisme qui se fait aujourd'hui au Portugal ne prévoit de place ni pour les inconscients ni pour les provocateurs, tout est là.

Pereira prétend que, tandis qu'il disait cela, il sentit un filet de transpiration lui couler le long du dos. Pourquoi commença-t-il de transpirer ? Qui sait. Cela, il n'est pas en mesure de le dire avec exactitude. Peut-être parce qu'il faisait une grande chaleur, ça c'est hors de doute, et que le ventilateur ne suffisait pas à rafraîchir cette pièce exiguë. Mais aussi parce que, peut-être, ce jeune homme à l'air ahuri et déçu, qui s'était mis à se ronger un ongle tandis qu'il parlait, lui faisait de la peine. Aussi n'eut-il pas le courage de dire : tant pis, c'était un essai mais ça n'a pas marché. Il resta au contraire à regarder Monteiro Rossi les bras croisés, et Monteiro Rossi dit :

je le réécris, je le réécris pour demain. Ah non, trouva la force de dire Pereira, rien sur García Lorca, par pitié, il y a trop d'aspects de sa vie et de sa mort qui ne conviennent pas à un journal comme le *Lisboa*, je ne sais pas si vous vous rendez compte, cher Monteiro Rossi, qu'en ce moment en Espagne il y a une guerre civile, que les autorités portugaises voient les choses comme le général Francisco Franco et que García Lorca était un subversif, oui, c'est le mot : un subversif.

Monteiro Rossi se leva comme s'il avait eu peur de ce mot, il recula jusqu'à la porte, s'arrêta, avança d'un pas et dit : moi qui croyais avoir trouvé un travail. Pereira ne répondit pas et sentit qu'à nouveau un filet de transpiration lui coulait le long du dos. Et alors, que dois-je faire ? susurra Monteiro Rossi d'une voix qui semblait implorante. Pereira se leva à son tour, prétend-il, et alla se placer en face du ventilateur. Il resta silencieux pendant quelques minutes en laissant l'air frais sécher sa chemise. Vous devez me faire une nécrologie de Mauriac, répondit-il, ou de Bernanos, à votre choix, je ne sais pas si je me fais comprendre. Mais j'ai travaillé toute la nuit, balbutia Monteiro Rossi, je m'attendais à être payé, au fond je ne demande pas tellement, c'était juste pour pouvoir déjeuner aujourd'hui. Pereira aurait voulu lui dire que, le soir précédent, il lui avait déjà avancé de l'argent pour s'acheter un pantalon neuf, et qu'il ne pouvait évidemment pas passer son temps à lui donner de l'argent, car il n'était pas son père. Il aurait voulu être ferme et dur. Et il dit au contraire : si votre problème est le déjeuner d'aujourd'hui, eh bien je peux vous inviter, moi non plus je n'ai pas déjeuné et j'ai assez faim, ça mirait bien de manger un bon poisson au gril ou une escalope panée, qu'en pensez-vous ?

Pourquoi Pereira parla-t-il ainsi ? Parce qu'il était seul et que cette pièce l'angoissait, parce qu'il avait vraiment faim, parce qu'il pensa au portrait de sa femme, ou pour quelque autre raison ? Cela, il ne saurait le dire, prétend Pereira.

VI

Pereira l'invita pourtant à déjeuner, prétend-il, et il choisit un restaurant du Rossio. Cela lui parut un choix qui leur était adapté, parce que au fond ils étaient deux intellectuels, et c'était le café et le restaurant des lettrés, il avait connu la gloire dans les années vingt, c'est sur ses petites tables qu'avaient été faites les revues d'avant-garde, bref, tout le monde y allait à l'époque, et peut-être quelques personnes y allaient-elles encore.

Ils descendirent en silence l'Avenida da Liberdade et arrivèrent au Rossio. Pereira choisit une petite table à l'intérieur, parce que dehors, sous le store, il faisait trop chaud. Il regarda autour de lui, mais ne vit aucun lettré, prétend-il. Les lettrés sont tous en vacances, dit-il pour rompre le silence, oui, ils sont sans doute en vacances, qui à la mer qui à la campagne, nous sommes les seuls à être restés en ville. Peut-être sont-ils simplement chez eux, répondit Monteiro Rossi, ils ne doivent pas avoir très envie de se promener, par les temps qui courent. Pereira ressentit une certaine mélancolie, prétend-il, en pensant à cette phrase. Il comprit qu'ils étaient seuls, qu'il n'y avait personne alentour avec qui ils pourraient partager leur angoisse, dans le restaurant ne se trouvaient que deux petites vieilles portant un chapeau et, dans un coin, quatre hommes à l'air sinistre. Pereira choisit une table isolée, noua sa serviette autour du cou, comme il faisait toujours, et commanda du vin blanc. J'ai envie de prendre un apéritif, expliqua-t-il à Monteiro Rossi, d'habitude je ne bois pas de boissons alcoolisées, mais là j'ai besoin d'un apéritif. Monteiro Rossi commanda une bière à la pression et Pereira lui demanda s'il n'aimait pas le vin blanc. Je préfère la bière, répondit Monteiro Rossi, c'est plus frais et plus léger, et puis je ne connais rien aux vins. Dommage, murmura Pereira, si vous voulez devenir un bon critique il faudra que vous affiniez vos goûts, vous devez vous cultiver, apprendre à connaître les vins, la cuisine, le monde. Puis il ajouta : et la littérature. À ce moment-là, Monteiro Rossi bredouilla : j'aurais quelque chose à vous confesser, mais je n'en ai pas le courage. Dites seulement, répondit Pereira, je ferai semblant de ne pas avoir compris. Plus tard, dit Monteiro Rossi.

Pereira commanda une daurade grillée, prétend-il, et Monteiro Rossi un gaspacho ainsi qu'un riz aux fruits de mer. Le riz arriva dans une énorme terrine en terre cuite et Monteiro Rossi en mangea à trois reprises, prétend Pereira, il en arriva à bout, bien que ce fût une portion énorme. Puis il remit en place la mèche de cheveux qui lui tombait sur le front et dit : je mangerais volontiers une glace, ou simplement un sorbet au citron. Pereira calcula mentalement combien allait lui coûter ce déjeuner, et il arriva à la conclusion qu'une bonne partie de son salaire hebdomadaire s'en irait dans ce restaurant où il avait pensé retrouver les lettrés de Lisbonne et où il n'y avait au contraire que deux petites vieilles portant un chapeau et quatre figures sinistres à une table d'angle. Il recommença de transpirer et enleva la serviette du col de sa chemise, commanda de l'eau minérale glacée et un café, puis il fixa Monteiro Rossi dans les yeux et dit : à présent confessez-moi ce que vous vouliez me confesser avant de manger. Pereira prétend que Monteiro Rossi se mit à regarder le plafond, puis le regarda et esquiva son regard, toussa, rougit comme un enfant et répondit : je me sens un peu embarrassé, excusez-moi. Il n'y a rien dont il faille avoir honte en ce monde, dit Pereira, si l'on n'a pas volé et si l'on n'a pas déshonoré son père et sa mère. Monteiro Rossi s'essuya la bouche avec la serviette comme s'il avait voulu empêcher les mots de sortir, il remit en place la mèche de cheveux qui lui tombait sur le front et dit : je ne trouve pas les mots, enfin, je sais que vous exigez du professionnalisme, que je devrais penser avec le cerveau, mais le fait est que j'ai préféré suivre d'autres raisons. Expliquez-vous mieux, le pressa

Pereira. Eh bien, balbutia Monteiro Rossi, eh bien, la vérité est que, la vérité est que j'ai suivi les raisons du cœur, peut-être n'aurais-je pas dû, peut-être n'aurais-je pas même voulu, mais cela a été plus fort que moi, je vous jure que j'aurais été capable d'écrire une nécrologie sur García Lorca avec les raisons de l'intelligence, mais cela a été plus fort que moi. Il s'essuya de nouveau la bouche avec la serviette et ajouta : et puis je suis amoureux de Marta. Qu'est-ce que ça a à voir ? objecta Pereira. Je ne sais pas, répondit Monteiro Rossi, peut-être que cela n'a rien à voir, mais c'est aussi une raison du cœur, il ne vous semble pas ? et à sa façon c'est aussi un problème. Le problème, c'est que vous ne devriez pas vous mettre dans des problèmes plus grands que vous, aurait voulu répondre Pereira. Le problème, c'est que le monde est un problème et que ce ne sera certainement pas nous qui le résoudrons, aurait voulu dire Pereira. Le problème, c'est que vous êtes jeune, trop jeune, vous pourriez être mon fils, aurait voulu dire Pereira, mais ça ne me plaît pas que vous me preniez pour votre père, je ne suis pas ici pour résoudre vos contradictions. Le problème c'est qu'il doit y avoir entre nous un rapport correct et professionnel, aurait voulu dire Pereira, et vous devez apprendre à écrire, autrement, si vous écrivez avec les raisons du cœur, vous allez au-devant de grandes complications, je peux vous l'assurer.

Mais il ne dit rien de tout cela. Il alluma un

cigare, essuya avec sa serviette la transpiration qui lui collait au front, déboutonna le premier bouton de sa chemise et dit : les raisons du cœur sont les plus importantes, il faut toujours suivre les raisons du cœur, cela les dix commandements ne le disent pas, mais je le dis moi, il faut cependant garder les yeux bien ouverts, cher Monteiro Rossi, et, sur ce, notre déjeuner est terminé, ne me téléphonez pas dans les trois ou quatre jours qui viennent, je vous laisse tout le temps pour réfléchir et pour réussir quelque chose de bien, mais vraiment bien, appelez-moi samedi prochain à la rédaction, vers midi.

Pereira se leva et lui tendit la main en lui disant au revoir. Pourquoi lui dit-il ces choses alors qu'il aurait voulu lui dire le contraire, alors qu'il aurait voulu le réprimander, peut-être même le licencier ? Pereira ne sait le dire. Peut-être parce que le restaurant était désert, qu'il n'avait vu aucun lettré, qu'il se sentait seul dans cette ville et qu'il avait besoin d'un complice et d'un ami ? Peut-être pour toutes ces raisons et pour d'autres encore qu'il ne saurait expliquer. Il est difficile d'avoir une conviction précise quand on parle des raisons du cœur, prétend Pereira.

VII

Le vendredi suivant, quand il arriva à la rédaction avec le paquet de son sandwich à l'omelette, Pereira vit, prétend-il, une enveloppe qui dépassait de la boîte aux lettres du *Lisboa*. Il la prit et la mit dans sa poche. Sur le palier du premier étage, il rencontra la concierge qui lui dit : bonjour doutor Pereira, il y a une lettre pour vous, un exprès, le facteur l'a apportée vers neuf heures, c'est moi qui ai dû signer. Pereira marmonna un merci entre les dents et continua de monter les escaliers. J'en ai pris la responsabilité, poursuivit la concierge, mais je ne voudrais pas avoir d'ennuis, étant donné qu'il n'y a pas de nom d'expéditeur. Pereira redescendit trois marches, prétend-il, et la regarda en face. Écoutez, Céleste, dit Pereira, vous êtes la concierge et c'est déjà bien suffisant, vous êtes payée pour faire la concierge et vous recevez un salaire des locataires de cet immeuble, parmi ces locataires il y a aussi mon journal, mais vous avez le défaut de fourrer votre nez dans les choses qui ne vous regardent pas, et donc la prochaine fois qu'un exprès arrive pour moi, vous ne signez pas et vous ne le regardez pas, vous dites au facteur de repasser plus tard et de me le remettre personnellement. La concierge posa contre le mur le balai avec lequel elle était en train de nettoyer le palier et mit ses mains sur les hanches. Doutor Pereira, dit-elle, vous vous croyez sans doute autorisé à me parler sur ce ton parce que je ne suis qu'une simple concierge, mais sachez que j'ai des amis haut placés, des personnes qui peuvent me protéger de la mauvaise éducation. Je le suppose, ou plutôt je le sais, prétend avoir dit Pereira, c'est précisément cela qui ne me plaît pas, et maintenant au revoir.

Quand il ouvrit la porte de la pièce, Pereira se sentit épuisé et il transpirait à grosses gouttes. Il enclencha le ventilateur et s'assit à son bureau. Il déposa le sandwich à l'omelette sur une feuille de papier pour machine à écrire et sortit la lettre de sa poche. Sur l'enveloppe, il y avait écrit : Doutor Pereira, « Lisboa », Rua Rodrigo da Fonseca 66, Lisbonne. La calligraphie était élégante, à l'encre bleu ciel. Pereira posa la lettre à côté de l'omelette et alluma un cigare. Le cardiologue lui avait interdit de fumer, mais il avait à présent envie de tirer deux bouffées, quitte à l'éteindre ensuite. Il pensa qu'il ouvrirait la lettre plus tard, car il devait dans l'immédiat organiser la page culturelle pour le lendemain. Il songea à revoir l'article qu'il avait écrit sur Pessoa pour la rubrique « Éphémérides », mais il décida que ça allait bien ainsi. Alors il se mit à lire le récit de Maupassant qu'il avait traduit lui-même, pour voir s'il y avait des corrections à faire. Il n'en trouva pas. Le récit était parfait et Pereira s'en félicita. Du coup, il se sentit un peu mieux, prétend-il. Puis il sortit de la poche de son veston un portrait de Maupassant qu'il avait trouvé dans une revue de la bibliothèque municipale. C'était un portrait au crayon, fait par un peintre français inconnu. Maupassant avait un air désespéré, avec une barbe mal rasée et les yeux perdus dans le vide, et Pereira pensa que c'était parfait pour accompagner le récit. Du reste, c'était un récit d'amour et de mort, cela demandait un portrait qui penchât vers le tragique. Il fallait un encadré au milieu de l'article, avec les principales informations biographiques sur Maupassant. Pereira ouvrit le Larousse qu'il avait sur son bureau et se mit à recopier. Il écrivit : « Guy de Maupassant, 1850-1893. Avec son frère Hervé, il hérita de leur père une maladie d'origine vénérienne qui le conduisit d'abord à la folie, puis, jeune, à la mort. À vingt ans, il participa à la guerre franco-prussienne, et travailla au ministère de la Marine. Écrivain de talent, à la vision satirique, il décrivit dans ses nouvelles les faiblesses et la méchanceté d'une certaine société française. Il écrivit aussi des romans à grand succès comme *Bel-Ami* et le roman fantastique *Le Horla*. Atteint d'une crise de folie, il fut hospitalisé dans la clinique du docteur Blanche, où il mourut pauvre et abandonné. »

Puis il prit le sandwich à l'omelette et y mordit à trois ou quatre reprises. Il jeta le reste dans le panier, car il n'avait pas faim, il faisait trop chaud, prétend-il. C'est à ce moment-là qu'il ouvrit la lettre. C'était un article dactylographié, sur papier vélin, et le titre disait : *Filippo Tommaso Marinetti a disparu.* Pereira sentit un coup au cœur, car sans même regarder l'autre page, il sut que c'était de Monteiro Rossi, et il comprit aussitôt que cet article ne servirait à rien, c'était un article inutile, il aurait voulu une nécrologie de Bernanos ou de Mauriac, qui croyaient probablement à la résurrection de la chair mais, là, il s'agissait d'une nécrologie de Filippo Tommaso Marinetti, qui croyait à la guerre, et Pereira se mit à la lire. C'était vraiment un article à jeter à la corbeille, mais Pereira ne le jeta pas, qui sait pourquoi, il le conserva, et c'est pour ça qu'il peut le produire à titre de document. Cela commençait ainsi : « Avec Marinetti, c'est un homme violent qui disparaît, car la violence était sa muse. Il avait commencé en 1909 par la publication d'un *Manifeste Futuriste* dans un journal de Paris, manifeste dans lequel il exaltait les mythes de la guerre et de la violence. Ennemi de la démocratie, belliqueux et belliciste, il exalta ensuite la guerre dans un bizarre petit poème intitulé *Zang Tumb Tumb,* une description phonique de la guerre d'Afrique menée par le colonialisme italien. Et sa foi colonialiste l'amena à exalter l'engagement italien en Libye. Il écrivit entre autres un manifeste répugnant :

La Guerre seule hygiène du monde. Les photographies nous montrent un homme aux poses arrogantes, aux moustaches frisées et à la casaque d'académicien pleine de médailles. Le fascisme italien lui en a décerné beaucoup, parce que Marinetti en a été un soutien farouche. Avec lui disparaît un personnage louche, un fauteur de guerre... »

Pereira arrêta de lire la partie tapée à la machine et passa à la lettre, car l'article était accompagné d'une lettre manuscrite. Elle disait : « Cher doutor Pereira, j'ai suivi les raisons du cœur, mais ce n'est pas ma faute. Vous m'avez du reste dit vous-même que les raisons du cœur sont les plus importantes. Je ne sais si cette nécrologie est publiable, et peut-être Marinetti vivra-t-il encore une vingtaine d'années, qui sait. En tout cas, si vous vouliez bien m'envoyer quelque chose, je vous en serais reconnaissant. En ce moment je ne peux pas passer à la rédaction, pour des raisons que je renonce à vous expliquer. Si vous voulez m'envoyer une petite somme à votre discrétion, vous pouvez la glisser dans une enveloppe à mon nom et l'adresser à la boîte postale 202, Poste Centrale, Lisbonne. Je vous donnerai de mes nouvelles par téléphone. Recevez les meilleures salutations et bons vœux de votre Monteiro Rossi. »

Pereira glissa la nécrologie et la lettre dans un dossier d'archives et, sur la chemise, il écrivit : *Nécrologies.* Puis il endossa son veston, numérota les pages du récit de Maupassant, prit les feuillets et sortit pour amener tout cela à l'imprimerie. Il transpirait, se sentait mal à son aise et espérait ne pas rencontrer la concierge dans les escaliers, prétend-il.

VIII

Le samedi matin, à midi précis, le téléphone sonna, prétend Pereira. Ce jour-là, Pereira n'avait pas emmené son sandwich à l'omelette à la rédaction, en partie parce qu'il essayait de sauter parfois un repas, comme le lui avait conseillé le cardiologue, et en partie parce que, s'il ne résistait pas à la faim, il pouvait toujours aller manger une omelette au Café Orquídea.

Bonjour doutor Pereira, dit la voix de Monteiro Rossi, je suis Monteiro Rossi. J'attendais votre appel, dit Pereira, où êtes-vous ? Je suis hors de la ville, dit Monteiro Rossi. Excusez-moi, insista Pereira, hors de la ville mais où ? Hors de la ville, répondit Monteiro Rossi. Pereira ressentit une légère irritation, prétend-il, en raison de cette manière de parler si prudente et formelle. Il aurait souhaité une plus grande cordialité de la part de Monteiro Rossi, ainsi qu'une plus grande gratitude, mais il contint son irritation et dit : je vous ai envoyé de l'argent à votre boîte postale. Merci, dit Monteiro Rossi, je passerai le retirer. Et il ne dit rien d'autre. Alors Pereira lui demanda : quand avez-vous l'intention de venir à la rédaction ? il serait peut-être opportun de se parler directement. Je ne sais pas quand il me sera possible de passer, répliqua Monteiro Rossi, à vrai dire j'étais justement en train de vous écrire un petit mot pour fixer un rendez-vous quelque part, mais pas à la rédaction, si possible. Ce fut alors que Pereira sembla comprendre que quelque chose n'allait pas, prétend-il, et baissant la voix, comme si quelqu'un d'autre que Monteiro Rossi avait pu l'entendre, il demanda : vous avez des problèmes ? Monteiro Rossi ne répondit pas, et Pereira pensa qu'il n'avait pas compris. Vous avez des problèmes ? répéta Pereira. D'une certaine façon oui, dit la voix de Monteiro Rossi, mais il vaut mieux ne pas en parler au téléphone, je vais vous écrire un petit mot pour fixer un rendez-vous vers le milieu de la semaine, j'ai en effet besoin de vous, doutor Pereira, de votre aide, mais ça je vous le dirai de vive voix, et à présent vous m'excuserez, je téléphone d'un endroit peu commode et je dois raccrocher, soyez patient, doutor Pereira, nous en parlerons de vive voix, au revoir.

Le téléphone fit clic et Pereira raccrocha à son tour. Il était inquiet, prétend-il. Il médita sur ce qu'il devait faire et prit sa décision. Pour le moment, il irait boire une citronnade au Café Orquídea, où il resterait ensuite pour manger une omelette. Puis, dans l'après-midi, il prendrait un train pour Coimbra et rejoindrait les thermes de Buçaco. Il rencontrerait certainement son directeur, c'était inévitable, et Pereira n'avait aucune envie de lui parler, mais il aurait une bonne excuse pour ne pas rester en sa compagnie, parce que aux thermes il y avait son ami Silva qui passait des vacances et qui l'avait invité à plusieurs reprises. Silva était un de ses vieux copains d'école de Coimbra, il enseignait à présent la littérature à l'université de cette ville, c'était un homme cultivé, sensé, tranquille et célibataire, ça allait être un plaisir de passer deux ou trois jours avec lui. Et puis il boirait cette eau bénéfique des thermes, il se promènerait dans le parc et peut-être ferait-il quelques inhalations, car sa respiration était pénible, en particulier lorsqu'il montait les escaliers, il devait respirer la bouche ouverte.

Il laissa un billet sur la porte : « Je reviens en milieu de semaine, Pereira. » Par chance il ne rencontra pas la concierge dans les escaliers, et cela le réconforta. Il sortit dans la lumière aveuglante de midi et se dirigea vers le Café Orquídea. En passant devant la boucherie juive, il vit un attroupement et s'arrêta. Il remarqua que la vitrine était en mille morceaux et que la façade était barbouillée d'inscriptions que le boucher était en train d'effacer avec de la peinture blanche. Il se faufila à travers les gens et s'approcha du boucher, car il le connaissait bien, le jeune Mayer, il avait bien connu son père avec lequel il allait souvent boire une citronnade dans les cafés le long du fleuve. Puis le vieux Mayer était décédé et avait laissé la boucherie à son fils David, un garçon corpulent au ventre proéminent, malgré son jeune âge, et à l'air jovial. David, demanda Pereira en s'approchant, qu'est-ce qui s'est passé ? Vous le voyez vous-même, doutor Pereira, répondit David en essuyant ses mains sales de peinture à son tablier de boucher, nous vivons dans un monde de voyous, ce sont les voyous qui ont fait ça. Vous avez appelé la police ? demanda Pereira. Eh ben voyons, fit David, eh ben voyons. Et il recommença d'effacer les inscriptions avec de la peinture blanche. Pereira se dirigea vers le Café Orquídea et s'installa à l'intérieur, face au ventilateur. Il commanda une citronnade et enleva son veston. Vous avez entendu ce qui se passe, doutor Pereira ? Pereira écarquilla les yeux et interrogea : la boucherie juive ? Quoi, la boucherie juive, répondit Manuel en s'en allant, il y a bien pire que ça.

Pereira commanda une omelette aux herbes et la mangea calmement. Le *Lisboa* ne devait sortir qu'à cinq heures, et il n'aurait pas le temps de le lire car il se trouverait déjà dans le train pour Coimbra. Il aurait pu se faire apporter un journal du matin, mais il doutait que les journaux portugais fissent mention de l'événement auquel le garçon se référait. Il y avait simplement des bruits qui couraient, le bouche à oreille, il fallait se renseigner dans les cafés pour être informé, écouter les bavardages, c'était l'unique moyen d'être au courant, ou alors acheter un quelconque journal étranger dans un bureau de tabac de Rua do Ouro, mais les journaux étrangers, quand ils arrivaient, arrivaient avec trois ou quatre jours de retard, c'était donc inutile de chercher un journal étranger, le mieux était de demander. Mais Pereira n'avait pas envie de demander quoi que ce soit à personne, il voulait simplement s'en aller aux thermes, jouir de quelques jours de tranquillité, parler à son ami le professeur Silva et ne pas penser au mal dans le monde. Il commanda une autre citronnade, se fit apporter l'addition, sortit, se dirigea vers la poste centrale et envoya deux télégrammes, l'un à l'hôtel des thermes pour réserver une chambre, et l'autre à son ami Silva. « J'arrive à Coimbra par le train du soir. Stop. Si tu peux venir me prendre en voiture je t'en serais reconnaissant. Stop. Amitiés Pereira. »

Puis il rentra chez lui pour préparer sa valise. Il pensa qu'il prendrait son billet directement à la gare, de toute façon il avait largement le temps, prétend-il.

IX

Quand Pereira arriva en gare de Coimbra, il y avait, prétend-il, un magnifique coucher de soleil sur la ville. Il regarda autour de lui sur le quai, mais il ne trouva pas son ami Silva. Il pensa que le télégramme n'était pas arrivé, ou alors que Silva avait déjà quitté les thermes. Pourtant, quand il entra dans le hall de la gare, il vit Silva, assis sur un banc, qui fumait une cigarette. Il se sentit ému et alla à sa rencontre. Cela faisait un bon bout de temps qu'il ne l'avait pas vu. Silva l'embrassa et lui prit sa valise. Ils sortirent et se dirigèrent vers la voiture. Silva avait une Chevrolet noire, commode et spacieuse, avec des chromes brillants.

La route pour les thermes, très sinueuse, traversait une suite de collines riches en végétation. Pereira ouvrit la fenêtre, car il commençait à avoir un peu la nausée, et l'air frais lui fit du bien, prétend-il. Pendant le trajet, ils parlèrent peu. Comment tu t'en sors? lui demanda Silva. Comme ci comme ça, répondit Pereira. Tu vis seul ? lui demanda Silva. Je vis seul, répondit Pereira. À mon avis ça te fait du mal, dit Silva, tu devrais trouver une femme qui te tienne compagnie et qui égaie ton existence, je comprends que tu sois très attaché au souvenir de ta femme, mais tu ne peux pas passer le reste de ta vie à en cultiver la mémoire. Je suis vieux, répondit Pereira, je suis trop gros et je souffre du cœur. Tu n'es pas vieux du tout, dit Silva, tu as mon âge, et quant au reste tu pourrais faire un régime, t'accorder des vacances, penser un peu plus à ta santé. Bah, dit Pereira.

Pereira prétend que l'hôtel des thermes était splendide, un bâtiment blanc, une villa plongée dans un immense parc. Il monta dans sa chambre et changea de costume. Il endossa un veston clair et mit une cravate noire. Silva l'attendait dans le hall tout en sirotant un apéritif. Pereira lui demanda s'il avait vu son directeur. Silva lui fit un clin d'œil. Il dîne toujours avec une femme blonde d'âge moyen, répondit-il, une cliente de l'hôtel, il semble qu'il a trouvé de la compagnie. C'est mieux ainsi, dit Pereira, cela m'épargnera les conversations d'usage.

Ils entrèrent dans le restaurant. C'était une salle du dix-neuvième siècle, avec des fresques de guirlandes de fleurs au plafond. Le directeur dînait à une table centrale en compagnie d'une femme en tenue de soirée ; il leva la tête, vit Pereira, une expression d'étonnement se peignit sur son visage et d'une main il lui fit signe de s'approcher. Pereira s'approcha, tandis que

Silva rejoignait une autre table. Bonsoir, doutor Pereira, dit le directeur, je ne m'attendais pas à vous voir ici, vous avez abandonné la rédaction ? La page culturelle est sortie aujourd'hui, dit Pereira, je ne sais si vous avez déjà pu la voir, car le journal n'est peut-être pas arrivé à Coimbra, il y a un récit de Maupassant et une rubrique dont j'ai pris la charge, intitulée « Éphémérides », quoi qu'il en soit je ne reste ici que deux jours, je serai de nouveau mercredi à Lisbonne pour préparer la page culturelle de samedi prochain. Madame, excusez-moi, dit le directeur à sa convive, je vous présente le doutor Pereira, un de mes collaborateurs. Puis il ajouta : Madame Maria do Vale Santares. Pereira la salua en inclinant la tête. Monsieur le directeur, dit-il, je voulais vous parler d'une chose, si vous n'avez rien contre j'ai décidé d'engager un stagiaire qui me donne simplement un coup de main pour faire les nécrologies anticipées des grands écrivains qui pourraient mourir d'un moment à l'autre. Doutor Pereira, s'exclama le directeur, je suis ici en train de dîner en compagnie d'une femme aimable et sensible, avec qui j'entretenais une conversation sur des choses *amusantes*, et vous venez me parler de personnes sur le point de mourir, cela me semble manquer de finesse de votre part. Excusez-moi, Monsieur le directeur, prétend avoir dit Pereira, je ne voulais pas avoir une conversation professionnelle, mais dans des pages culturelles il faut aussi prévoir que tel ou tel grand artiste puisse disparaître, et s'il disparaît brusquement, c'est un problème de faire une nécrologie du jour au lendemain, vous vous souvenez d'ailleurs que, il y a trois ans, quand T. E. Lawrence mourut, aucun journal portugais n'en parla à temps, ils firent tous la nécrologie une semaine plus tard, et si nous voulons être un journal moderne il faut savoir coller à l'événement. Le directeur mastiqua lentement le morceau qu'il avait dans la bouche et dit : bon, bon, d'accord, doutor Pereira, je vous ai d'ailleurs laissé les pleins pouvoirs pour la page culturelle, je voudrais seulement savoir si le stagiaire nous coûtera cher et si c'est une personne de confiance. Oh, pour ça, répondit Pereira, ce me semble être une personne qui se contente de peu, c'est un jeune homme modeste, et puis il a passé sa maîtrise avec un mémoire sur la mort à l'université de Lisbonne, alors la mort il s'y connaît. Le directeur fit un geste péremptoire de la main, but une gorgée de vin et dit : écoutez, doutor Pereira, ne nous parlez plus de la mort, par pitié, autrement vous allez nous gâcher le dîner, et pour ce qui est de la page culturelle, faites comme bon vous semble, j'ai confiance en vous, vous vous êtes occupé des faits divers pendant trente ans, et à présent bonne soirée et bon appétit.

Pereira se dirigea vers sa table et prit place en face de son ami. Silva lui demanda s'il voulait un verre de vin blanc, il lui fit signe que non de la tête. Il appela le garçon et commanda une citronnade. Le vin ne me fait pas de bien, expliqua-t-il, le cardiologue me l'a dit. Silva commanda une truite aux amandes et Pereira un filet de viande Strogonoff, avec un œuf poché dessus. Ils commencèrent de manger en silence, puis, à un certain moment, Pereira demanda à Silva ce qu'il pensait de tout cela. Tout cela quoi ? demanda Silva. Tout cela, dit Pereira, tout ce qui est en train d'avoir lieu en Europe. Oh, ne t'en fais pas, répliqua Silva, ici nous ne sommes pas en Europe, nous sommes au Portugal. Pereira prétend avoir insisté : oui, ajouta-t-il, mais tu lis les journaux et tu écoutes la radio, tu sais ce qui se passe en Allemagne et en Italie, ce sont des fanatiques, ils veulent mettre le monde à feu et à sang. Ne t'en fais pas, répondit Silva, ils sont loin de nous. D'accord, reprit Pereira, mais l'Espagne ce n'est pas loin, c'est à deux pas, et tu sais ce qui se passe en Espagne, c'est un carnage, pourtant il y avait un gouvernement constitutionnel, tout cela par la faute d'un général bigot. L'Espagne aussi est éloignée, dit Silva, nous, nous sommes au Portugal. Certes, dit Pereira, mais ici non plus les choses ne vont pas bien, la police fait ce qu'elle veut, elle tue les gens, il y a des perquisitions, des censures, il s'agit d'un État autoritaire, les gens comptent pour du beurre, l'opinion publique compte pour du beurre. Silva le regarda et posa sa fourchette. Écoute-moi bien, Pereira, dit Silva, tu crois encore à l'opinion publique ? eh bien l'opinion publique est un truc qu'ont inventé les Anglo-Saxons, les Anglais et les Américains, ce sont eux qui sont en train de nous couvrir de merde, pardonne-moi l'expression, avec cette idée d'opinion publique, nous n'avons jamais eu leur système politique, nous n'avons pas leurs traditions, nous ne savons pas ce que sont les *trade unions*, nous, nous sommes des gens du Sud, Pereira, et nous obéissons à celui qui crie le plus fort, à celui qui commande. Nous ne sommes pas des gens du Sud, objecta Pereira, nous avons du sang celte. Mais nous vivons dans le Sud, dit Silva, le climat ne favorise pas nos idées politiques, *laissez faire, laissez passer*, c'est ainsi que nous sommes faits, et puis, écoute-moi bien, je vais te dire une chose, moi j'enseigne la littérature et je m'y connais en littérature, je suis en train de faire l'édition critique de nos trouvères, celle des *cantigas de amigo*[1], je ne sais pas si tu t'en souviens, on a étudié cela à l'université, eh bien les jeunes gens partaient à la guerre et les femmes restaient chez elles à pleurer, et les trouvères recueillaient leurs lamentations, c'était le roi qui commandait, tu comprends ? c'était le chef qui commandait, et nous avons toujours eu besoin d'un chef, aujourd'hui encore nous avons besoin d'un chef. Mais moi je suis journaliste, répliqua Pereira. Et alors ? dit Silva. Alors je dois être libre, dit Pereira, et informer les gens de manière cor-

---

1. Littéralement « chansons d'ami », les *cantigas de amigo*, dans la tradition trouvère du Portugal au XVIe siècle, se distinguaient des *cantigas de amor* (amour courtois) et du *mal-dizer* (chansons grivoises).

recte. Je ne vois pas le rapport, dit Silva, tu n'écris pas des articles politiques, tu t'occupes de la page culturelle. Pereira à son tour posa sa fourchette et mit les coudes sur la table. C'est toi qui dois bien m'écouter, répliqua-t-il, imagine que demain Marinetti vienne à mourir, tu vois qui est Marinetti ? Vaguement, dit Silva. Eh bien, dit Pereira, Marinetti est un salaud, il a commencé par chanter la guerre, il a fait l'apologie des carnages, c'est un terroriste, il a salué la marche sur Rome, oui, Marinetti est un salaud et il faut que, moi, je puisse le dire. Va en Angleterre, dit Silva, là tu pourras dire tout ce que bon te semble, tu auras un tas de lecteurs. Pereira termina la dernière bouchée de son filet. Je vais au lit, dit-il, l'Angleterre est trop loin. Tu ne prends pas de dessert ? demanda Silva, moi, un morceau de tarte m'irait bien. Les douceurs me font du mal, dit Pereira, le cardiologue me l'a dit, et puis je suis fatigué du voyage, merci d'être venu me prendre à la gare, bonne nuit et à demain.

Pereira se leva et s'en alla sans rien ajouter. Il se sentait très fatigué, prétend-il.

X

Le lendemain Pereira se réveilla à six heures. Il prétend qu'il prit simplement un café, en devant insister pour l'avoir car le service en chambre ne débutait qu'à sept heures, et il fit une promenade dans le parc. Les thermes aussi ouvraient à sept heures, et à sept heures précises Pereira se trouvait devant le portail. Silva n'était pas là, le directeur n'était pas là, il n'y avait pratiquement personne et Pereira se sentit soulagé, prétend-il. Avant toute chose, il but deux verres d'une eau dont il savait qu'elle sentait l'œuf pourri, et il éprouva une vague nausée ainsi qu'un trouble aux intestins. Il aurait voulu une belle citronnade bien fraîche parce que, malgré l'heure matinale, il faisait assez chaud, mais il pensa qu'il ne pouvait pas mélanger l'eau thermale et la citronnade. Il se rendit alors aux installations thermales où on le fit se déshabiller et mettre un peignoir blanc. Vous voulez les bains de boue ou les inhalations ? lui demanda l'employée. Tous les deux, répondit Pereira. Ils le firent s'installer dans une pièce occupée par une baignoire en marbre pleine d'un liquide marron. Pereira retira son peignoir et s'y plongea. La boue était tiède et donnait une impression de bien-être. À un moment donné, un employé de la maison entra et lui demanda où il devait le masser. Pereira répondit qu'il ne voulait pas de massages, il voulait seulement le bain, et désirait qu'on le laisse en paix. Il sortit de la baignoire, prit une douche froide, mit de nouveau son peignoir et passa dans les salles voisines, où se trouvaient les jets de vapeur pour les inhalations. Devant chaque jet, des personnes étaient assises, les coudes appuyés sur le marbre, et respiraient les flux d'air chaud. Pereira trouva une place libre et s'installa. Il respira profondément pendant quelques minutes et se plongea dans ses pensées. L'image de Monteiro Rossi lui vint en tête, et aussi, qui sait pourquoi, le portrait de sa femme. Cela faisait presque deux jours qu'il ne parlait pas au portrait de sa femme, et Pereira regretta de ne pas l'avoir emporté avec lui, prétend-il. Alors il se leva, alla aux vestiaires, se rhabilla, fit le nœud de sa cravate noire, sortit de l'établissement thermal et rentra à l'hôtel. Dans la salle du restaurant, il vit son ami Silva qui prenait un abondant petit déjeuner avec croissant et café au lait. Heureusement, le directeur n'était pas là. Pereira s'approcha de Silva, le salua, lui dit qu'il avait pris les eaux et il ajouta : il y a un train pour Lisbonne vers midi, je te serais reconnaissant de m'accompagner à la gare, si tu ne peux pas je prendrai le taxi de l'hôtel. Comment ça, tu t'en vas déjà ? demanda Silva, et moi qui espérais passer un ou deux jours en ta compagnie. Excuse-moi, mentit Pereira, mais je dois être ce soir à Lisbonne, demain je dois écrire un article important, et puis, tu sais, ça ne me plaît guère d'abandonner la rédaction à la concierge de l'immeuble, il vaut mieux que je m'en aille. Comme tu voudras, répondit Silva, je t'accompagne.

Durant le trajet, ils n'échangèrent pas le moindre mot. Pereira prétend que Silva semblait lui en vouloir, mais il ne fit rien pour alléger la situation. Tant pis, pensa-t-il, tant pis. Ils arrivèrent à la gare vers onze heures et quart et le train était déjà sur la voie. Pereira monta et, de la fenêtre, il fit un signe de la main en guise d'au revoir. Silva le salua d'un ample geste du bras et s'en alla, Pereira s'installa dans un compartiment où se trouvait une femme qui lisait un livre.

C'était une belle femme, blonde, élégante, avec une jambe de bois. Pereira s'assit du côté du couloir, étant donné qu'elle était côté fenêtre, pour ne pas la déranger, et il remarqua qu'elle était en train de lire un livre de Thomas Mann en allemand. Ça l'intrigua, mais sur le moment il ne dit rien, il dit seulement : bonjour Madame. Le train s'ébranla à onze heures et demie, et quelques minutes après un employé passa pour prendre les réservations du wagon-restaurant. Pereira réserva, parce qu'il se sentait l'estomac barbouillé et qu'il avait besoin de manger quelque chose, prétend-il. Le trajet n'était pas long, il est vrai, mais il arriverait tard à Lisbonne et il n'avait pas envie de chercher un restaurant par cette chaleur.

La femme à la jambe de bois réserva elle aussi pour le wagon-restaurant. Pereira remarqua qu'elle parlait un bon portugais, avec un léger accent étranger. Cela accentua sa curiosité, prétend-il, et lui donna le courage de lancer son invitation. Madame, dit-il, je ne voudrais pas vous paraître envahissant, mais vu que nous sommes compagnons de voyage et que nous avons tous deux réservé au restaurant, je voudrais vous proposer de manger à la même table, nous pourrions faire un peu la conversation et peut-être nous sentirons-nous moins seuls, c'est mélancolique de manger en solitaire, spécialement dans un train, permettez que je me présente, je suis le doutor Pereira, directeur de la page culturelle du *Lisboa*, un journal de l'après-midi publié dans la capitale. La femme à la jambe de bois fit un large sourire et lui tendit la main. Enchantée, dit-elle je m'appelle Ingeborg Delgado, je suis allemande, mais d'origine portugaise, je suis venue au Portugal pour retrouver mes racines.

L'employé passa en agitant sa clochette pour appeler à déjeuner. Pereira se leva et fit passer madame Delgado devant lui. Il n'eut pas le courage de lui offrir le bras, prétend-il, car il pensa qu'un tel geste pourrait blesser une femme qui avait une jambe de bois. Mais madame Delgado se déplaçait avec une grande agilité malgré son membre artificiel, et elle le précéda dans le couloir. La voiture restaurant était voisine de leur compartiment, de sorte qu'ils ne durent pas trop marcher. Ils s'installèrent à une table dans la partie gauche du convoi. Pereira noua sa serviette autour du cou et sentit qu'il devait s'excuser de son comportement. Excusez-moi, dit-il, mais quand je mange je salis toujours ma chemise, ma femme de ménage dit que je suis pire que les enfants, j'espère ne pas vous paraître trop provincial. Le doux paysage du centre du Portugal défilait à travers la fenêtre : des collines vertes de pins et des villages blancs. De temps en temps, on voyait des vignes, et quelque paysan, comme un petit point noir, qui décorait le paysage. Vous aimez le Portugal ? demanda Pereira. Oui, j'aime bien, répondit madame Delgado, mais je ne crois pas que j'y resterai longtemps, j'ai rendu visite à mes parents de Coimbra, j'ai retrouvé mes racines, mais ce n'est pas un pays fait pour le peuple auquel j'appartiens, j'attends le visa de l'ambassade américaine, dans peu de temps je partirai aux États-Unis, du moins je l'espère. Pereira crut comprendre et demanda : vous êtes juive ? Je suis juive, confirma madame Delgado, et l'Europe des temps qui courent n'est pas un lieu adapté aux gens de mon peuple, en particulier l'Allemagne, mais ici non plus il n'y a pas une grande sympathie, je m'en rends compte en lisant les journaux, peut-être le journal pour lequel vous travaillez fait-il exception, bien qu'il soit très catholique, trop catholique pour qui ne l'est pas. Ce pays est catholique, prétend avoir dit Pereira, moi aussi je suis catholique, même si c'est à ma façon, et malheureusement nous avons eu l'Inquisition, cela ne nous fait pas honneur, mais moi, par exemple, je ne crois pas à la résurrection de la chair, je ne sais pas si cela peut signifier quelque chose. Je ne sais pas ce que ça signifie, répondit madame Delgado, mais je crois que ça ne me regarde pas. J'ai remarqué que vous lisiez un livre de Thomas Mann, dit Pereira, c'est un écrivain que j'aime beaucoup. Lui non plus n'est pas heureux de ce qui se passe en Allemagne, dit madame Delgado, je ne dirais vraiment pas qu'il en est heureux. Moi non plus je ne suis peut-être pas heureux de ce qui se passe au Portugal, admit Pereira. Madame Delgado but une gorgée d'eau minérale et dit : alors faites quelque chose. Quelque chose, mais quoi ? répondit Pereira. Eh bien, dit madame Delgado, vous êtes un intellectuel, dites ce qui est en train de se passer en Europe, exprimez librement votre pensée, enfin faites quelque chose. Pereira prétend qu'il aurait eu beaucoup de choses à dire. Il aurait voulu répondre qu'au-dessus de lui il y avait son directeur, lequel était un personnage du régime, et puis il y avait le régime, avec sa police et sa censure, et au Portugal tout le monde était bâillonné, en fin de compte on ne pouvait pas exprimer librement sa propre opinion, il passait ses journées dans une misérable petite pièce de Rua Rodrigo da Fonseca, en compagnie d'un ventilateur asthmatique et surveillé par une concierge qui était probablement une indicatrice de la police. Mais il ne dit rien de tout cela, Pereira, il dit seulement : je ferai de mon mieux, madame Delgado, mais ce n'est pas facile de faire de son mieux dans un pays comme celui-ci pour une personne comme moi, vous savez, je ne suis pas Thomas Mann, je ne suis que l'obscur directeur de la page culturelle d'un modeste journal de l'après-midi, je rends hommage à quelques écrivains illustres et je traduis des récits du XIXe siècle français, ce n'est pas possible de faire plus. Je comprends, répliqua madame Delgado, mais peut-être que tout peut se faire, il suffit d'en avoir la volonté. Pereira regarda dehors à travers la fenêtre et soupira. Ils étaient dans les environs de Vila Franca, on voyait déjà le long serpent du Tage. C'était beau, ce petit Portugal favorisé par la mer et par le climat, mais tout était si difficile, pensa Pereira. Madame Delgado, dit-il, je crois que nous arriverons à Lisbonne d'ici peu, nous sommes à Vila Franca, c'est une ville d'honnêtes travailleurs, d'ouvriers, nous aussi, dans ce petit pays, nous avons notre opposition, c'est une opposition silencieuse, peut-être parce que nous n'avons pas Thomas Mann, mais c'est tout ce que nous pouvons faire, et maintenant il serait peut-être mieux de retourner à notre compartiment pour préparer les bagages, j'ai été heureux de faire votre connaissance et de passer ce peu de temps avec vous, permettez-moi de vous offrir le bras, mais ne l'interprétez pas comme un geste d'aide, c'est seulement un geste de galanterie, parce que vous savez, au Portugal, nous sommes très galants.

Pereira se leva et offrit son bras à madame Delgado. Elle l'accepta avec un léger sourire et se leva, non sans une certaine peine, de la petite table étroite, Pereira paya l'addition et laissa un pourboire. Il sortit du wagon-restaurant en donnant le bras à madame Delgado, il se sentait fier et troublé en même temps, mais il ne savait pas pourquoi, prétend Pereira.

XI

Pereira prétend que le mardi suivant, quand il arriva à la rédaction, il trouva la concierge qui lui remit un exprès. Céleste le lui remit d'un air ironique et lui dit : j'ai donné vos instructions au facteur, mais il ne peut pas repasser, car il doit faire tout le quartier, il m'a donc laissé l'exprès. Pereira le prit, remercia d'un mouvement de la tête, et regarda s'il y avait un expéditeur. Heureusement, il n'y avait aucun expéditeur, ce qui fait que Céleste était restée bredouille. Mais il reconnut aussitôt l'encre bleu ciel de Monteiro Rossi et sa calligraphie maniérée. Il entra dans la rédaction et enclencha le ventilateur. Puis il ouvrit la lettre. Elle disait : « Cher doutor Pereira, je traverse malheureusement une période funeste. J'aurais besoin de vous parler, c'est urgent, mais je préfère ne pas passer à la rédaction. Je vous attendrai mardi soir, à huit heures et demie, au Café Orquídea, j'aimerais dîner avec vous et vous raconter mes problèmes. Avec bon espoir, votre Monteiro Rossi. »

Pereira prétend qu'il avait l'intention de faire un petit article de la rubrique «Éphémérides» dédié à Rilke, qui était mort en vingt-six, et dont c'était par conséquent les douze ans de la disparition. Mais il s'était mis à traduire une nouvelle de Balzac. Il avait choisi *Honorine*, un récit sur le repentir qu'il comptait publier en trois ou quatre feuilletons. Pereira ne sait pas pourquoi, mais il croyait que ce récit sur le repentir serait un message dans une bouteille pour quelqu'un qui le recueillerait. Car il y avait beaucoup de choses dont on pouvait se repentir, et il fallait bien un récit sur le repentir, c'était l'unique moyen d'adresser un message à qui voudrait bien l'entendre. Aussi prit-il son Larousse, éteignit le ventilateur et rentra chez lui.

Quand il arriva en taxi devant la cathédrale, il faisait une chaleur épouvantable. Pereira enleva sa cravate et la mit dans sa poche. Il monta péniblement la rampe de la rue qui le conduisait chez lui, ouvrit la porte d'entrée et s'assit sur une marche. Il avait le souffle court. Il chercha dans sa poche une pastille pour le cœur que le cardiologue lui avait prescrite, et il l'avala sans eau. Il essuya sa transpiration, se reposa, se rafraîchit dans le vestibule obscur, puis il entra dans son appartement. La concierge ne lui avait rien préparé, elle était partie à Setúbal, dans la maison de ses parents, et elle ne rentrerait qu'en septembre, comme elle faisait chaque année. Cela, au fond, le découragea. Il n'aimait pas être seul, tout à fait seul, sans personne qui s'occupât de lui. Il passa devant le portrait de sa femme et lui dit : je reviens dans dix minutes. Il alla dans la chambre, se déshabilla et s'apprêta à prendre un bain. Le cardiologue lui avait prescrit de ne pas prendre de bains trop froids, mais il en éprouvait le besoin, il remplit donc la baignoire d'eau froide et s'y plongea. Tandis qu'il était dans l'eau, il se caressa longuement le ventre. Pereira, se dit-il, autrefois ta vie était différente. Il se sécha et enfila un pyjama. Il alla jusque dans le vestibule, s'arrêta devant le portrait de sa femme et lui dit : ce soir, je vois Monteiro Rossi, je ne sais pas pourquoi je ne le licencie pas ni pourquoi je ne l'envoie pas se faire voir ailleurs, il a des problèmes et il veut s'en décharger sur moi, ça je l'ai compris, qu'en dis-tu, qu'est-ce que je dois faire ? Le portrait de sa femme lui sourit d'un sourire lointain. Bien, dit Pereira, à présent je vais faire une sieste, ensuite je verrai ce que veut ce jeune homme. Et il alla se coucher.

Pereira prétend que, cet après-midi-là, il fit un rêve. Un très beau rêve, de sa jeunesse. Mais il préfère ne pas le révéler, car on ne doit pas révéler les rêves, prétend-il. Il admet seulement qu'il était content et qu'il se trouvait, en hiver, sur une plage du nord, au-delà de Coimbra, à la Granja, peut-être, et une personne se trouvait avec lui, dont il ne veut pas révéler l'identité. Toujours est-il qu'il se réveilla de bonne humeur, mit une chemise à manches courtes, ne prit pas de cravate. Il prit en revanche une veste légère en coton, mais ne l'endossa pas, préférant la tenir sous le bras. La soirée était chaude, il y avait heureusement un peu de brise. Sur le moment, il pensa aller à pied jusqu'au Café Orquídea, mais cela lui sembla ensuite une folie. Il descendit pourtant jusqu'au Terreiro do Paço et la promenade lui fit du bien. Là, il prit un tram qui l'emmena jusqu'à l'Alexandre Herculano. Le Café Orquídea était presque désert, Monteiro Rossi n'était pas là, mais à vrai dire c'était lui qui était en avance. Pereira s'installa à une petite table à l'intérieur, près du ventilateur, et commanda une citronnade. Quand le garçon arriva, il lui demanda : quelles nouvelles aujourd'hui, Manuel ? Si vous n'êtes pas au courant, doutor Pereira, vous qui êtes journaliste, répondit le garçon. J'ai été aux thermes, répondit Pereira, et je n'ai pas lu les journaux, sans compter qu'on ne sait jamais rien par les journaux, la meilleure chose est de récolter les informations de vive voix, c'est pour cela que je vous le demande à vous, Manuel. Des choses incroyables, doutor Pereira, des choses incroyables. Et il s'en alla.

À ce moment-là, Monteiro Rossi entra. Il avançait de son air embarrassé, en regardant prudemment autour de lui. Pereira remarqua qu'il portait une belle chemise bleu ciel à col blanc. Il se l'est achetée avec mes sous, pensa un instant Pereira, mais il n'eut pas le temps de réfléchir à la question, parce que Monteiro Rossi le vit et se dirigea vers lui. Ils se serrèrent la main.

Installez-vous, dit Pereira. Monteiro Rossi s'installa à la table et ne dit rien. Bien, dit Pereira, qu'est-ce que vous voulez manger ? ici ils ne servent que des omelettes aux herbes et des salades de poisson. Je prendrais volontiers deux omelettes aux herbes, dit Monteiro Rossi, excusez-moi si je semble impudent, mais aujourd'hui j'ai sauté le déjeuner. Pereira commanda trois omelettes aux herbes, puis il dit : à présent, racontez-moi vos problèmes, puisque c'est le mot que vous employez dans votre lettre. Monteiro Rossi remit en place la mèche de cheveux qui lui tombait sur le front et ce geste eut un effet bizarre sur Pereira, prétend-il. Eh bien, dit Monteiro Rossi en baissant la voix, j'ai des ennuis, doutor Pereira, voilà la vérité. Le garçon arriva avec les omelettes et Monteiro Rossi changea de discours. Il dit : quelle chaleur il fait. Tandis que le garçon les servait, ils parlèrent du climat et Pereira raconta qu'il avait été aux thermes de Buçaco, et que là le climat était vraiment agréable, sur les collines, avec tout le vert du parc. Puis le garçon les laissa en paix et Pereira demanda : alors ? Eh bien, je ne sais pas par où commencer, dit Monteiro Rossi, j'ai des ennuis, ça c'est un fait. Pereira coupa un morceau de son omelette et demanda : c'est par rapport à Marta ?

Pourquoi Pereira demanda-t-il cela ? Parce qu'il pensait vraiment que Marta pouvait créer des problèmes à ce jeune homme, parce qu'il l'avait trouvée trop désinvolte et trop pétulante, parce qu'il aurait voulu que tout soit différent, qu'ils soient en France ou en Angleterre, là où les jeunes femmes désinvoltes et pétulantes pouvaient dire tout ce qu'elles voulaient ? Cela, Pereira n'est pas en mesure de le dire, mais le fait est qu'il demanda : c'est par rapport à Marta ? En partie oui, répondit Monteiro Rossi à voix basse, je ne peux cependant pas lui en imputer la faute, elle a ses idées et ce sont des idées très solides. Alors ? demanda Pereira. Alors il y a que mon cousin est arrivé, répondit Monteiro Rossi. Cela ne me semble pas très grave, répondit Pereira, nous avons tous des cousins. Oui, dit Monteiro Rossi presque en murmurant, mais mon cousin arrive d'Espagne, il fait partie d'une brigade, il combat du côté des républicains, il est au Portugal afin de recruter des volontaires portugais pour une brigade internationale, je ne peux pas le loger chez moi, il a un passeport argentin et on voit à des kilomètres que c'est un faux, je ne sais pas où le mettre, où le cacher. Pereira commença de sentir un filet de sueur lui couler le long du dos, mais il garda son calme. Et alors ? demanda-t-il en continuant de manger son omelette. Et alors j'aurais besoin de vous, dit Monteiro Rossi, j'aurais besoin que vous, doutor Pereira, vous vous occupiez de lui, que vous lui trouviez un logement discret, peu importe que ce soit clandestin, pourvu qu'il ait un endroit, moi je ne peux pas le garder à la maison parce que la police a peut-être des soupçons à cause de Marta, je suis peut-être aussi surveillé. Et alors? demanda encore Pereira. Alors vous, personne ne vous suspecte, dit Monteiro Rossi, il restera là un ou deux jours, le temps de prendre contact avec la résistance, puis il retournera en Espagne, vous devez m'aider, doutor Pereira, vous devez lui trouver un logement.

Pereira termina de manger son omelette, fit un signe au garçon et commanda une autre citronnade. Je suis stupéfait de votre impudence, dit-il, je ne sais pas si vous vous rendez compte de ce que vous êtes en train de me demander, et puis qu'est-ce que je pourrais trouver? Une chambre à louer, dit Monteiro Rossi, une pension, un lieu où on ne regarde pas trop les passeports, vous devez en connaître, des lieux de ce genre, avec toutes vos relations.

Toutes ses relations, pensa Pereira. Et si, de toutes ces relations, il n'avait connu personne? Il connaissait le père António auquel il ne pouvait pas refiler un problème de ce genre, il connaissait son ami Silva, qui était à Coimbra et sur lequel il ne pouvait pas compter, et puis la concierge de la Rua Rodrigo da Fonseca qui était peut-être une informatrice de la police. Mais il eut tout à coup l'idée d'une petite pension de la Graça, au-dessus du Château, où se retrouvaient les couples clandestins et où le passeport n'était demandé à personne. Pereira la connaissait, car son ami Silva lui avait une fois demandé de réserver une chambre dans un lieu discret pour y passer la nuit avec une dame de

Lisbonne qui ne pouvait pas se permettre un scandale. Aussi dit-il : je m'en occuperai demain matin, mais surtout n'envoyez pas ou n'amenez pas votre cousin à la rédaction, à cause de la concierge, amenez-le chez moi demain matin à onze heures, je vais vous donner l'adresse, mais pas de téléphone, s'il vous plaît, et cherchez à être là vous aussi, c'est peut-être mieux.

Pourquoi Pereira dit-il cela ? Parce que Monteiro Rossi lui faisait de la peine ? Parce qu'il avait été aux thermes et qu'il avait parlé de manière si décevante avec son ami Silva ? Parce que dans le train il avait rencontré madame Delgado qui lui avait dit qu'il fallait malgré tout faire quelque chose ? Pereira ne le sait pas, prétend-il. Il sait seulement qu'il comprit qu'il s'était mis dans une sale situation et qu'il devait en parler à quelqu'un. Mais il n'y avait personne à disposition, alors il pensa en parler au portrait de sa femme quand il rentrerait chez lui. Et c'est en effet ce qu'il fit, prétend-il.

XII

À onze heures précises, prétend Pereira, on sonna à la porte. Pereira avait déjà pris son petit déjeuner, il s'était levé tôt, et il avait préparé une carafe de citronnade remplie de cubes de glace sur la table de la salle à manger. Monteiro Rossi entra d'abord, d'un air furtif, et marmonna bonjour. Pereira ferma la porte, un peu perplexe, et lui demanda si son cousin n'était pas là. Si, il est là, mais il ne veut pas entrer tout de suite, il m'a envoyé au-devant pour voir. Pour voir quoi? demanda Pereira irrité, vous jouez au gendarme et au voleur, ou vous pensiez que la police vous attendait? Oh non, ce n'est pas ça, doutor Pereira, s'excusa Monteiro Rossi, il y a seulement que mon cousin est très soupçonneux, vous savez, il ne se trouve pas dans une situation facile, il est ici pour une mission délicate, il a un passeport argentin et il ne sait pas où trouver refuge. Ça, vous me l'avez déjà dit hier, répliqua Pereira, et maintenant appelez-le, s'il vous plaît, j'en ai assez de ces idioties. Monteiro Rossi ouvrit la porte et fit un geste qui signifiait d'avancer. Viens, Bruno, dit-il en italien, tout est en ordre.

L'homme qui entra était petit et maigre. Ses cheveux étaient coupés en brosse, il avait une petite moustache blonde et portait un veston bleu ciel. Doutor Pereira, dit Monteiro Rossi, je vous présente mon cousin Bruno Rossi, mais sur son passeport il s'appelle Bruno Lugones, ce serait mieux que vous l'appeliez toujours Lugones. En quelle langue devons-nous parler ? demanda Pereira, votre cousin connaît le portugais ? Non, dit Monteiro Rossi, mais il connaît l'espagnol.

Pereira les fit s'installer dans la salle à manger et servit la citronnade. Le sieur Bruno Rossi ne dit rien, il se limita à regarder autour de lui d'un air méfiant. On entendit au loin la sirène d'une ambulance, Bruno Rossi se crispa et alla à la fenêtre. Dites-lui de rester tranquille, dit Pereira à Monteiro Rossi, ici nous ne sommes pas en Espagne, ce n'est pas la guerre civile. Bruno Rossi revint s'asseoir et dit : *perdone la molestia, pero estoy aquí por la causa republicana.* Écoutez, Monsieur Lugones, dit Pereira en portugais, je parlerai lentement pour que vous me compreniez, je ne m'intéresse ni à la cause républicaine ni à la cause monarchique, je dirige la page culturelle d'un journal de l'après-midi et ces choses ne font pas partie de mon panorama, je vais vous trouver un logement tranquille, je ne peux pas en faire davantage, et soyez bien attentif à ne pas me chercher, parce que je ne veux rien avoir à faire ni avec vous ni avec votre cause. Bruno Rossi s'adressa à son cousin et lui dit en italien : ce n'est pas ainsi que tu me l'avais décrit, je m'attendais à un camarade. Pereira comprit et répliqua : je ne suis le camarade de personne, je vis seul et j'aime être seul, mon unique camarade c'est moi-même, je ne sais pas si je me suis fait comprendre, Monsieur Lugones, puisque c'est le nom de votre passeport. Oui, oui, dit Monteiro Rossi presque en balbutiant, mais le fait est que, voilà, nous avons besoin de votre aide et de votre compréhension, parce qu'il nous faut de l'argent. Expliquez-vous mieux, dit Pereira. Eh bien, dit Monteiro Rossi, il n'a pas un sou et s'ils demandent une avance à l'hôtel, nous ne pouvons pas payer, pour le moment, mais après je m'en occuperai moi-même, ou plutôt c'est Marta qui s'en occupera, il s'agirait seulement d'un prêt.

À ce moment-là Pereira se leva, prétend-il. Il s'excusa et dit : prenez patience, j'ai besoin de réfléchir un peu, je vous demande une minute. Il les laissa seuls dans la chambre à manger et se rendit dans le vestibule. Il s'arrêta devant le portrait de sa femme et lui dit : écoute, ce n'est pas tellement Lugones qui m'inquiète, mais Marta, d'après moi c'est elle la responsable de cette histoire, Marta est la petite amie de Monteiro Rossi, celle aux cheveux couleur cuivre, je crois t'en avoir parlé, eh bien c'est elle qui entraîne Monteiro Rossi dans un mauvais pas, j'en suis sûr et, lui, il se laisse entraîner parce qu'il est amoureux, je dois le mettre en garde, il ne te semble pas ? Le portrait de sa femme lui sourit d'un sourire lointain et Pereira crut comprendre. Il retourna dans la salle à manger et demanda à Monteiro Rossi : pourquoi Marta, qu'est-ce que Marta a à voir là-dedans ? Oh, eh bien, balbutia Monteiro Rossi en rougissant légèrement, c'est que Marta a beaucoup de ressources, tout simplement. Écoutez-moi bien, cher Monteiro Rossi, dit Pereira, je crois que vous vous mettez dans de mauvais draps à cause d'une belle jeune femme, mais voyez-vous, je ne suis pas votre père et je ne veux pas prendre à votre égard un air paternel que vous pourriez interpréter comme du paternalisme, je veux simplement vous dire une chose : faites attention. Oui, dit Monteiro Rossi, je fais attention, mais pour ce qui est du prêt ? Ça, on va le résoudre, mais pourquoi est-ce justement à moi d'avancer l'argent ? Écoutez, doutor Pereira, dit Monteiro Rossi en tirant de sa poche un papier qu'il lui tendit, j'ai écrit un article et j'en écrirai deux autres la semaine prochaine, je me suis permis d'écrire une éphéméride sur D'Annunzio, j'y ai mis le cœur mais aussi l'intelligence, comme vous me l'avez conseillé, et je vous promets que les prochains sujets seront deux écrivains catholiques, comme vous le désirez.

Pereira prétend qu'il ressentit de nouveau une légère irritation. Écoutez, répondit-il, ce n'est pas que je veuille des écrivains catholiques à tout prix, mais puisque vous avez écrit un mémoire sur la mort, vous pourriez penser un peu plus aux écrivains qui se sont intéressés à ce problème, enfin, qui se sont intéressés à l'âme, et vous, au contraire, vous m'apportez un hommage à un vitaliste comme D'Annunzio, qui a peut-être été un bon poète, mais qui a gaspillé sa vie dans les frivolités, je ne sais pas si je me fais comprendre, les gens frivoles ne plaisent pas à mon journal, ou du moins ne me plaisent pas à moi. Parfait, dit Monteiro Rossi, j'ai compris le message. Bien, ajouta Pereira, à présent allons à cette petite pension, j'en ai trouvé une à la Graça où ils ne font pas d'histoires, je paierai l'avance s'ils en demandent une, mais j'attends au moins deux autres nécrologies, cher Monteiro Rossi, ce sera votre salaire pour la quinzaine. Écoutez, doutor Pereira, dit Monteiro Rossi, l'éphéméride sur D'Annunzio je l'ai écrite parce que la semaine dernière j'ai acheté le *Lisboa* et j'ai vu qu'il y avait une rubrique intitulée «Éphémérides», la rubrique n'est pas signée, mais je pense que c'est vous qui la rédigez, alors si vous voulez une aide je le ferai volontiers, j'aimerais bien faire une rubrique de ce genre, il y a beaucoup d'écrivains dont je pourrais parler, et puis, étant donné que c'est une rubrique anonyme, vous ne courrez aucun risque. Pourquoi, vous avez des ennuis ? prétend avoir dit Pereira. Eh bien, quelques ennuis, oui, comme vous le voyez, répondit Monteiro Rossi, mais si vous voulez un autre nom j'ai pensé à un pseudonyme, que diriez-vous de Roxy ? Cela me semble un nom bien choisi, dit Pereira. Il débarrassa la table, rangea la citronnade dans la glacière, puis il enfila son veston et dit : eh bien, allons-y.

Ils sortirent. Sur la petite place devant l'immeuble, un militaire dormait étendu sur un banc. Pereira confessa qu'il n'arriverait pas à monter toute la pente à pied, aussi attendirent-ils un taxi. Le soleil était implacable, prétend Pereira, et la brise avait cessé. Un taxi passa lentement, et Pereira l'arrêta d'un geste du bras. Pendant le trajet, ils ne parlèrent pas. Ils descendirent en face d'une croix en granit qui veillait sur une minuscule chapelle. Pereira entra dans la pension, mais conseilla à Monteiro Rossi d'attendre dehors, il emmena Bruno Rossi avec lui et le présenta à l'employé. C'était un petit vieux avec des lunettes épaisses, qui somnolait derrière le guichet. J'ai ici un ami argentin, dit Pereira, c'est monsieur Bruno Lugones, voilà son passeport, mais il voudrait garder l'anonymat, il est ici pour des raisons sentimentales. Le petit vieux enleva ses lunettes et feuilleta le registre. Il y a quelqu'un qui a téléphoné ce matin pour réserver, c'est vous ? Oui, c'est moi, confirma Pereira. Nous avons une chambre matrimoniale sans salle de bains, dit le petit vieux, mais je ne sais pas si ça conviendra au monsieur. Ça ira très bien, dit Pereira. Il faut payer une avance, dit le petit vieux, vous savez comme c'est. Pereira prit son portefeuille et en tira deux billets. Je vous laisse trois jours d'avance, dit-il, et à présent bonne journée. Il salua Bruno Rossi, mais préféra ne pas lui serrer la main, ça lui paraissait un geste d'excessive intimité. Bon séjour, lui dit-il.

Il sortit et s'arrêta devant Monteiro Rossi, qui attendait assis sur le bord de la fontaine. Passez demain matin à la rédaction, lui dit-il, je lirai aujourd'hui votre article, nous avons des choses à nous dire. C'est que, à la vérité..., dit Monteiro Rossi. À la vérité quoi ? demanda Pereira. Vous savez, dit Monteiro Rossi, je pensais qu'au point où en sont les choses, il valait mieux se voir dans un endroit tranquille, peut-être chez vous. D'accord, dit Pereira, mais pas chez moi, une fois ça suffit, voyons-nous demain à treize heures au Café Orquídea, qu'en dites-vous ? D'accord, répondit Monteiro Rossi, à treize heures au Café Orquídea. Pereira lui serra la main et lui dit au revoir. Il pensa rentrer à pied jusque chez lui, de toute façon ce n'était que de la descente. La journée était magnifique, et une belle brise atlantique s'était heureusement mise à souffler. Mais il ne se sentait pas en mesure d'apprécier la journée. Il éprouvait une certaine inquiétude et aurait eu envie de parler à quelqu'un, peut-être au père António, mais le père António passait la journée au chevet de ses malades. Alors il pensa qu'il pouvait aller échanger deux ou trois mots avec le portrait de sa femme. Aussi enleva-t-il sa veste et rentra tranquillement chez lui, prétend-il.

XIII

Pereira passa la nuit à terminer de traduire et de réduire *Honorine* de Balzac, prétend-il. Ce fut une traduction absorbante, mais qui se révéla assez fluide, d'après lui. Il dormit trois heures, de six à neuf heures du matin, puis il se leva, prit un bain froid, but un café et se rendit à la rédaction. La concierge, qu'il rencontra dans l'escalier, le battit froid, et le salua d'un signe de la tête. Lui, il marmonna un bonjour à demi-voix. Il entra dans la pièce, s'assit à son bureau et composa le numéro du docteur Costa, son médecin. Allô, docteur, dit Pereira, c'est Pereira. Alors, comment ça va ? demanda le docteur Costa. Je suis essoufflé, je ne réussis pas à monter les escaliers et je crois avoir engraissé de quelques kilos, quand je me promène j'ai des battements de cœur. Écoutez, Pereira, dit le docteur Costa, je vais en visite une fois par semaine à la clinique de thalassothérapie de Parede, pourquoi ne vous y faites-vous pas hospitaliser pour quelques jours ? Me faire hospitaliser, pourquoi ? demanda Pereira. Parce que la clinique Parede exerce une bonne surveillance médicale, ils soignent en outre les rhumatismes et les maladies cardiaques avec des méthodes naturelles, ils font des bains d'algues, des massages et des cures d'amaigrissement, il y a par ailleurs de très bons docteurs qui ont étudié en France, cela vous ferait du bien de prendre un peu de repos et d'être surveillé, Pereira, et la clinique de Parede est exactement ce qu'il vous faut, si vous voulez je peux réserver une chambre déjà pour demain, une belle petite chambre bien propre avec vue sur la mer, vie saine, bains d'algues, thalassothérapie, et je viendrai vous voir au moins une fois, quelques tuberculeux y sont aussi hospitalisés, mais ils sont logés dans un pavillon séparé, il n'y a aucun risque de contagion. Oh, si c'est pour ça je n'ai pas peur des tuberculeux, prétend avoir dit Pereira, j'ai passé ma vie avec une tuberculeuse et la maladie n'a jamais eu le moindre effet sur moi, mais le problème n'est pas là, le problème c'est qu'on m'a confié la page culturelle du samedi, je ne peux pas abandonner la rédaction. Écoutez, Pereira, dit le docteur Costa, écoutez-moi bien, Parede est à mi-chemin entre Lisbonne et Cascais, d'ici ça fait une dizaine de kilomètres, si vous voulez écrire vos articles à Parede et les envoyer à Lisbonne, il y a l'employé de la clinique qui peut vous les porter tous les matins en ville, de toute façon la page ne sort qu'une fois par semaine, et si vous préparez un ou deux longs articles, la page est prête pour deux samedis, et puis laissez-moi vous dire que la santé est plus importante que la culture. D'accord, dit Pereira, mais deux semaines c'est trop, une semaine de repos me suffirait. C'est déjà mieux que rien, conclut le docteur Costa. Pereira prétend qu'il se résigna à accepter de passer une semaine dans la clinique de thalassothérapie de Parede, et qu'il autorisa le docteur Costa à lui réserver une chambre pour le lendemain, mais il tint à préciser qu'il devait auparavant avertir son directeur, par correction. Il raccrocha et composa le numéro de l'imprimerie. Il dit qu'il y avait un récit de Balzac à mettre en deux ou trois feuilletons, et que la page culturelle était donc faite pour quelques semaines. Et la rubrique « Éphémérides » ? demanda le typographe. Pas d'« Éphémérides » pour le moment, répondit Pereira, ne venez pas prendre le matériel à la rédaction, car je n'y serai pas cet après-midi, je vous le laisserai dans une enveloppe close au Café Orquídea, tout près de la boucherie juive. Puis il composa le numéro du central et demanda à la standardiste de le mettre en communication avec les thermes de Buçaco. Il demanda le directeur du *Lisboa*. Le directeur est installé dans le parc à prendre le soleil, dit l'employé, je ne sais pas si je dois le déranger. Oui, vous pouvez le déranger, dit Pereira, dites-lui que c'est la rédaction culturelle qui appelle. Le directeur arriva au téléphone et fit : allô, ici le directeur. Monsieur le directeur, dit Pereira, j'ai traduit et réduit un récit de Balzac, il y en a pour deux ou trois numéros, je vous téléphone parce que j'ai l'intention de me faire hospitaliser à la clinique de thalassothérapie de Parede, mes problèmes cardiaques ne s'améliorent pas et mon médecin m'a conseillé une cure, est-ce que j'ai votre autorisation ? Et le journal ? demanda le directeur. Comme je vous l'ai dit, c'est couvert pour deux ou trois semaines au moins, prétend avoir dit Pereira, d'ailleurs je suis à deux pas de Lisbonne, en tout cas je vous laisse le numéro de téléphone de la clinique, et puis vous savez, s'il arrive quoi que ce soit je me précipite à la rédaction. Et le stagiaire ? demanda le directeur, vous ne pourriez pas laisser le stagiaire à votre place ? Vaut mieux pas, répondit Pereira, il m'a fait une ou deux nécrologies, mais je ne sais pas jusqu'à quel point ses articles sont utilisables, si un écrivain important vient à mourir je m'en occuperai moi-même. D'accord, dit le directeur, prenez-vous une semaine de cure, doutor Pereira, après tout, au journal, il y a le vice-directeur qui peut s'occuper des éventuels problèmes. Pereira le salua et lui dit de présenter ses hommages à la gentille dame qu'il avait rencontrée. Il raccrocha et regarda l'horloge. Il était presque l'heure d'aller au Café Orquídea, mais il voulait auparavant lire l'éphéméride sur D'Annunzio qu'il n'avait pas eu le temps de lire le soir précédent. Pereira est en mesure de la faire figurer comme preuve, car il l'a conservée. Cela disait :

« Il y a exactement cinq mois, à huit heures du soir, le 1er mars 1938, Gabriele D'Annunzio mourait. Gabriele D'Annunzio, dont le vrai nom, soit dit en passant, était Rapagnetta, fut-il un grand poète ? Il est difficile de le dire, car ses œuvres sont encore trop fraîches pour nous qui sommes ses contemporains. Peut-être convient-il plutôt de parler de la figure de l'homme, qui se confond avec celle de l'artiste. Il fut avant tout un esthète. Il aima le luxe, la mondanité, la grandiloquence, l'action. Ce fut un grand décadent, briseur des règles morales, amant de la morbidité et de l'érotisme. Il emprunta le mythe du surhomme au philosophe allemand Nietzsche, mais le réduisit à une vision de la volonté de puissance d'idéaux esthétisants destinés à composer un kaléidoscope coloré d'une vie inimitable. Il fut interventionniste durant la Grande Guerre, ennemi convaincu de la paix entre les peuples. Il entreprit des actions belliqueuses et provocatrices comme le vol sur Vienne, en 1918, lorsqu'il lança des tracts italiens sur la ville. Après la guerre, il organisa l'occupation de la ville de Fiume, dont il fut ensuite délogé par les troupes italiennes. Retiré à Gardone, dans une villa qu'il baptisa Vittoriale degli Italiani, il y mena une vie dissolue et décadente, marquée par des amours futiles et des aventures érotiques. Il regarda d'un œil favorable le fascisme et les entreprises guerrières. Fernando Pessoa l'avait surnommé "solo de trombone", et peut-être n'avait-il pas tout à fait tort. En effet, la voix qui nous vient de lui n'a pas le son d'un délicat violon, mais celui, retentissant, d'un instrument à vent, d'une trompette aiguë et autoritaire. Une vie peu exemplaire, un poète tonitruant, un homme plein d'ombres et de compromis. Une figure à ne pas imiter, et c'est pour cela que nous évoquons son souvenir. Signé Roxy. »

Pereira pensa : inutilisable, absolument inutilisable. Il prit le dossier des « Nécrologies » et y inséra la page. Il ne sait pourquoi il fit cela, il aurait pu la mettre à la poubelle, mais au contraire il la conserva. Puis, pour calmer l'irritation qui l'avait gagné, il eut l'idée d'abandonner la rédaction et de se diriger vers le Café Orquídea.

Quand il arriva au café, la première chose qu'il vit, prétend Pereira, ce furent les cheveux roux de Marta. Elle était assise à une petite table d'angle, près du ventilateur, tournant le dos à la porte. Elle avait la même robe qu'elle portait le soir de la fête à Praça da Alegria, avec des bretelles croisées dans le dos. Pereira prétend avoir pensé que Marta avait de très belles épaules, douces, bien proportionnées, parfaites. Il s'approcha et se mit en face d'elle. Oh, doutor Pereira, dit Marta avec naturel, je suis venue à la place de Monteiro Rossi, il ne pouvait pas être là aujourd'hui.

Pereira s'installa à la table et demanda à Marta si elle voulait un apéritif. Marta répondit qu'elle boirait volontiers un porto sec. Pereira appela le garçon et commanda deux portos secs. Il n'aurait pas dû boire de boissons alcoolisées, mais il entrait de toute façon le lendemain dans une clinique de thalassothérapie pour une diète d'une semaine. Eh bien ? demanda Pereira quand le garçon les eut servis. Eh bien, répondit Marta, je crois que c'est une période difficile pour tout le monde, il est parti pour l'Alentejo, et pour le moment il y reste, c'est bien qu'il passe quelques jours hors de Lisbonne. Et son cousin ? demanda imprudemment Pereira. Marta le regarda et sourit. Je sais que vous avez été d'un grand secours pour Monteiro Rossi et son cousin, vous avez vraiment été magnifique, doutor Pereira, vous devriez être des nôtres. Pereira ressentit une légère irritation, prétend-il, et il retira son veston. Écoutez, mademoiselle, répliqua-t-il, je ne suis ni des vôtres ni des leurs, je préfère me débrouiller seul, du reste je ne sais pas qui sont les vôtres et je ne veux pas le savoir, je suis un journaliste et je m'occupe de culture, j'ai à peine fini de traduire un récit de Balzac, je préfère ne pas être au courant de vos histoires, je ne m'occupe pas des faits divers. Marta but une gorgée de vin de porto et dit : nous, nous ne défrayons pas la chronique des faits divers, doutor Pereira, et ça j'aimerais bien que vous le compreniez, nous, nous vivons l'Histoire. Pereira but à son tour son verre de porto et répliqua : écoutez Mademoiselle, l'Histoire est un grand mot, j'ai moi aussi lu Vico et Hegel, autrefois, ce n'est pas une bête qu'on peut domestiquer. Mais peut-être n'avez-vous pas lu

Marx, objecta Marta. Je ne l'ai pas lu, dit Pereira, et ça ne m'intéresse pas, j'en ai assez des écoles hégéliennes, et puis, laissez-moi vous répéter une chose que j'ai déjà dite auparavant : je ne pense qu'à moi et à la culture, c'est ça mon monde. Anarchiste individualiste ? demanda Marta, voilà ce que j'aimerais savoir. Qu'est-ce que vous voulez dire par là ? demanda Pereira. Oh, dit Marta, ne me dites pas que vous ne savez pas ce que veut dire anarchiste individualiste, l'Espagne en est pleine, les anarchistes individualistes font beaucoup parler d'eux par les temps qui courent et ils se sont comportés de façon héroïque, même si un peu plus de discipline ne leur ferait pas de tort, du moins à mon avis. Écoutez, Marta, dit Pereira, je ne suis pas venu dans ce café pour parler de politique, comme je vous l'ai déjà dit la politique ne m'intéresse pas, car je m'occupe principalement de culture, j'avais un rendez-vous avec Monteiro Rossi et vous venez me dire qu'il est dans l'Alentejo, qu'est-ce qu'il est allé faire dans l'Alentejo ?

Marta regarda autour d'elle comme si elle cherchait le garçon. On commande quelque chose à manger ? demanda-t-elle, j'ai un rendez-vous à quinze heures. Pereira appela Manuel. Ils commandèrent deux omelettes aux herbes, puis Pereira répéta : alors, qu'est-ce que Monteiro Rossi est allé faire dans l'Alentejo ? Il a accompagné son cousin, répondit Marta, qui a reçu des ordres de dernière minute, ce sont surtout des gens de l'Alentejo qui veulent aller combattre en Espagne, il y a une grande tradition démocratique dans l'Alentejo, et il y a aussi beaucoup d'anarchistes individualistes, comme vous, doutor Pereira, et le travail ne manque pas, enfin bref, le fait est que Monteiro Rossi a dû accompagner son cousin dans l'Alentejo, parce que c'est là qu'on recrute du monde. Bien, répondit Pereira, souhaitez-lui de ma part un bon recrutement. Le garçon apporta les omelettes et ils commencèrent de manger. Pereira noua sa serviette autour du cou, prit une tranche de l'omelette et dit : écoutez Marta, je pars demain dans une clinique de thalassothérapie près de Cascais, j'ai des problèmes de santé, dites à Monteiro Rossi que son article sur D'Annunzio est parfaitement inutilisable, je vous laisse le numéro de téléphone de la clinique où je serai pendant une semaine, le meilleur moment pour m'atteindre est l'heure des repas, et à présent dites-moi où est Monteiro Rossi. Marta baissa la voix et dit : il sera ce soir à Portalegre, chez des amis, mais je préfère ne pas vous donner l'adresse, c'est d'ailleurs une adresse précaire, parce qu'il dormira un soir ici et un soir là, il doit se déplacer un peu à travers l'Alentejo, ce sera éventuellement lui qui entrera en contact avec vous. D'accord, dit Pereira en lui passant un petit billet, voici mon numéro de téléphone à la clinique de thalassothérapie de Parede. Je dois m'en aller, doutor Pereira, dit Marta, excusez-moi mais j'ai un rendez-vous et je dois traverser toute la ville.

Pereira se leva, la salua. Marta mit son chapeau de paille et s'éloigna. Pereira resta à la regarder tandis qu'elle sortait, ravi par cette silhouette qui se découpait dans le soleil. Il se sentit soulagé et presque joyeux, mais il ne sait pas pourquoi. Alors il fit un signe à Manuel qui arriva promptement et qui lui demanda s'il voulait un digestif. Mais il avait soif, car l'après-midi était très chaud. Il réfléchit un moment, puis il dit qu'il voulait seulement une citronnade. Et il la commanda bien froide, pleine de glaçons, prétend Pereira.

XIV

Le lendemain Pereira se leva tôt, prétend-il. Il prit un café, prépara une petite valise et y glissa les *Contes du lundi* d'Alphonse Daudet. Peut-être resterait-il quelques jours de plus, pensa-t-il, et Daudet était un auteur qui pouvait parfaitement figurer parmi les récits du *Lisboa*.

Il alla dans le vestibule, s'arrêta devant le portrait de sa femme et lui dit : hier, j'ai vu Marta, la fiancée de Monteiro Rossi, j'ai l'impression que ces jeunes gens se mettent de gros ennuis sur le dos, ou plutôt qu'ils les ont déjà, en tout cas c'est quelque chose qui ne me regarde pas, j'ai besoin d'une semaine de thalassothérapie, c'est le docteur Costa qui me l'a ordonné, et puis à Lisbonne on suffoque, j'ai fini de traduire *Honorine* de Balzac, je pars ce matin, je vais prendre le train au Quai de Sodré, je t'emporte avec moi, si tu le permets. Il prit le portrait et le mit dans sa valise, mais face par-dessus, car sa femme avait eu besoin d'air toute sa vie et il pensa que le portrait lui aussi avait besoin de bien respirer. Puis il descendit jusqu'à la petite place de la cathédrale, attendit un taxi et se fit conduire à la gare. Il s'arrêta sur la place et eut l'idée de prendre quelque chose au British Bar du Quai de Sodré. Il savait que c'était un lieu fréquenté par des lettrés et il espérait y rencontrer quelqu'un. Il entra et se mit à une table d'angle. À la table voisine se trouvait en effet le romancier Aquilino Ribeiro qui déjeunait avec Bernardo Marques, le dessinateur d'avant-garde, celui qui avait réalisé les illustrations des meilleures revues du modernisme portugais. Pereira leur souhaita le bonjour et les artistes répondirent d'un signe de la tête. Ce serait beau de déjeuner à leur table, pensa Pereira, leur dire qu'il avait reçu la veille une critique très négative sur D'Annunzio, leur demander ce qu'ils en pensaient. Mais les deux artistes étaient engagés dans une conversation serrée et Pereira n'eut pas le courage de les déranger. Il comprit que Bernardo Marques ne voulait plus dessiner et que le romancier voulait partir à l'étranger. Cela lui donna un sentiment de découragement, prétend Pereira, car il ne s'attendait pas à ce qu'un romancier comme Aquilino Ribeiro abandonne son pays. Tandis qu'il buvait sa citronnade et dégustait ses bigorneaux, Pereira entendait une phrase ou l'autre. À Paris, disait Aquilino Ribeiro, le seul lieu fréquentable est Paris. Et Bernardo Marques acquiesçait en disant : on m'a proposé des dessins pour différentes revues, mais ici c'est un pays horrible, il vaut mieux ne collaborer avec personne. Pereira finit ses bigorneaux et sa citronnade, se leva et s'arrêta devant la table des deux artistes. Je souhaite à ces messieurs une bonne continuation, dit-il, permettez que je me présente, je suis le doutor Pereira, des pages culturelles du *Lisboa*, tout le Portugal est fier d'avoir des artistes comme vous, nous avons besoin de vous.

Puis il sortit dans la lumière aveuglante de midi et se dirigea vers le train. Il prit un billet jusqu'à Parede, demanda combien de temps il fallait. L'employé lui répondit qu'il fallait peu de temps et il en fut satisfait. C'était le train de la ligne d'Estoril, il conduisait principalement les gens en vacances. Pereira s'installa dans la partie gauche du convoi, car il désirait voir la mer. Le wagon était pratiquement désert, étant donné l'heure, et Pereira choisit une place à son gré, il baissa un peu le rideau pour ne pas avoir le soleil dans les yeux, son côté était exposé au midi, et il regarda l'océan. Il se mit à penser à sa vie, mais de cela il n'a pas envie de parler, prétend-il. Il préfère dire que la mer était calme et qu'il y avait des baigneurs sur la plage. Pereira chercha dans sa tête depuis quand il ne s'était plus baigné dans l'océan, et cela lui parut des siècles. Le temps de Coimbra lui revint en mémoire, quand il allait à la plage près de Porto, de la Granja ou d'Espinho par exemple, où il y avait un casino et un club. La mer était très froide, sur ces plages du nord, mais il était capable de nager des matinées entières, tandis que ses compagnons d'université, tous frileux, l'attendaient sur la plage. Puis ils se rhabillaient, endossaient un élégant veston et se rendaient au club pour jouer au billard. Les gens les admiraient, le *maître* les accueillait en disant : voici les étudiants de Coimbra ! Et il leur donnait le meilleur billard.

Pereira sortit de sa rêverie quand il passa devant Santo Amaro. C'était une belle plage incurvée et on voyait les cabines de toile à bandes blanches et azur. Le train s'arrêta et Pereira eut l'idée de descendre et d'aller se baigner, de toute façon il pouvait prendre le train suivant. Ce fut plus fort que lui. Pereira ne saurait dire pourquoi il ressentit cet élan, peut-être parce qu'il avait pensé à l'époque de Coimbra et aux bains à la Granja. Il descendit avec sa petite valise et traversa le passage souterrain qui conduisait à la plage. Quand il arriva sur le sable, il enleva ses souliers et ses chaussettes et avança ainsi, tenant d'une main la valise et de l'autre les chaussures. Il vit tout de suite le maître-nageur, un jeune homme bronzé qui surveillait les baigneurs, étendu sur un transat. Pereira s'approcha et lui dit qu'il voulait louer un costume de bain et un vestiaire. Le maître-nageur le détailla de la tête aux pieds, d'un air narquois, et murmura : je ne sais pas si nous avons un costume à votre taille, quoi qu'il en soit je vous donne la clé du magasin, vous verrez, c'est la cabine la plus grande, la numéro un. Puis il demanda d'un air qui sembla ironique à Pereira : vous avez aussi besoin d'une bouée ? Je sais très bien nager, répondit Pereira, peut-être beaucoup mieux que vous, ne vous en faites pas. Il prit la clé du magasin et celle du vestiaire et s'en alla. Dans le magasin, il y avait un peu de tout : des bouées, des brassières gonflables, un filet de pêche couvert de flotteurs, des costumes de bain. Il fouilla dans les costumes de bain pour voir s'il en trouvait un à l'ancienne, ceux entiers, de façon à couvrir aussi le ventre. Il réussit à en trouver un et le passa. Il lui était un peu serré et c'était de la laine, mais il ne trouva pas mieux. Il déposa sa valise et ses habits dans le vestiaire, puis traversa la plage. Au bord de l'eau se trouvait un groupe de jeunes gens qui jouaient au ballon et Pereira les évita. Il entra calmement dans la mer, tout doucement, laissant le froid l'envelopper petit à petit. Puis, quand l'eau lui arriva au nombril, il plongea et se mit à nager un crawl lent et cadencé. Il nagea longuement, jusqu'aux bouées. Quand il s'accrocha à la bouée de sauvetage, il sentit qu'il était à bout de souffle et que son cœur battait beaucoup trop fort. Je suis fou, pensa-t-il, cela fait une éternité que je ne nage plus, et je me jette ainsi à l'eau, comme un sportif. Il se reposa, accroché à la bouée, puis il fit la planche. Le ciel au-dessus de lui était d'un azur féroce. Pereira reprit son souffle et rentra calmement, à brasses lentes. Il passa devant le maître-nageur et voulut se donner satisfaction. Comme vous l'avez constaté, je n'ai pas eu besoin de bouée, dit-il, quand passe le prochain train pour Estoril ? Le maître-nageur consulta l'horloge. Dans un quart d'heure, répondit-il. Très bien, dit Pereira, alors rejoignez-moi, je vais me rhabiller et je voudrais vous payer, car je n'ai pas beaucoup de temps. Il se rhabilla dans le vestiaire, sortit, paya le maître-nageur, donna un coup de peigne au peu de cheveux qui lui restaient avec un petit peigne qu'il avait dans son portefeuille et il salua. Au revoir, dit-il, et surveillez ces jeunes gens qui jouent au ballon, d'après moi ils ne savent pas nager, et ils dérangent les baigneurs.

Il traversa le passage souterrain et s'assit sur un banc de pierre, sous la marquise. Il entendit arriver le train et regarda l'horloge. Il était tard, pensa-t-il, sans doute l'attendait-on pour le déjeuner à la clinique de thalassothérapie, parce que dans les cliniques on mange tôt. Il pensa : tant pis. Mais il se sentait bien, il se sentait détendu et frais, tandis que le train arrivait en gare, et puis, pour la clinique de thalassothérapie, il avait tout le temps, il allait y rester au moins une semaine, prétend Pereira.

Quand il arriva à Parede, il était presque deux heures et demie. Il prit un taxi et demanda au chauffeur de le conduire à la clinique de thalassothérapie. Celle des tuberculeux ? demanda le chauffeur de taxi. Je ne sais pas, répondit Pereira, c'est au bord de la mer. Mais alors c'est à deux pas, dit le chauffeur de taxi, vous pouvez aussi bien y aller à pied. Écoutez, dit Pereira, je suis fatigué et il fait très chaud, je vous donnerai un pourboire.

La clinique de thalassothérapie était un grand bâtiment rose avec un jardin plein de palmiers. Il était situé en haut, sur les rochers, et des escaliers menaient à la route puis à la plage. Pereira monta péniblement la rampe et entra dans le hall. Il fut reçu par une grosse femme aux joues rouges, en blouse blanche. Je suis le doutor Pereira, dit Pereira, mon médecin, le docteur Costa, a dû vous téléphoner pour réserver une chambre. Oh, doutor Pereira, dit la dame en blouse blanche, nous vous attendions pour le repas, pourquoi êtes-vous tellement en retard, est-ce que vous avez déjà déjeuné? À vrai dire je n'ai mangé que des bigorneaux à la gare, admit Pereira, et j'ai un peu faim. Alors suivez-moi, dit la femme en blouse blanche, le restaurant est fermé, mais il y a Maria das Dores qui peut vous préparer un petit en-cas. Elle le pilota jusqu'à la salle à manger, une vaste pièce avec des fenêtres qui donnaient sur la mer. Elle était complètement déserte. Pereira s'assit à une petite table, et vit bientôt arriver une femme en tablier, avec des moustaches. Je suis Maria das Dores, dit la femme, je suis la cuisinière, je peux vous préparer une petite chose grillée. Une sole, répondit Pereira, merci. Il commanda aussi une citronnade et se mit à la siroter avec délectation. Il tomba la veste et noua sa serviette autour du cou. Maria das Dores arriva avec un poisson grillé. Nous n'avions plus de sole, dit-elle, je vous ai préparé une daurade. Pereira commença de la manger avec plaisir. Les bains d'algues sont à dix-sept heures, dit la cuisinière, mais si vous n'en avez pas envie et que vous voulez faire une sieste, vous pouvez commencer demain, votre médecin est le docteur Cardoso, il viendra vous faire une visite dans votre chambre cet après-midi à six heures. Parfait, dit Pereira, je crois que je vais aller un peu me reposer.

Il monta dans sa chambre, qui était la vingt-deux, et trouva sa valise. Il ferma les persiennes, se lava les dents et s'étendit sur le lit sans pyjama. Il y avait une belle brise atlantique qui s'infiltrait à travers les persiennes et agitait les rideaux. Pereira s'endormit presque tout de suite. Il fit un beau rêve, un rêve de sa jeunesse, il était sur la plage de la Granja et il nageait dans un océan qui ressemblait à une piscine, et au bord de cette piscine se trouvait une jeune fille pâle qui l'attendait avec un essuie-mains entre les bras. Puis il revenait de sa baignade et le rêve continuait, c'était vraiment un beau rêve, mais Pereira préfère ne pas dire comment cela continuait, parce que son rêve n'a rien à voir avec cette histoire, prétend-il.

XV

À six heures et demie, Pereira entendit frapper à sa porte, mais il était déjà réveillé, prétend-il. Il regardait les bandes de lumière et d'ombre des persiennes sur le plafond, pensait à *Honorine* de Balzac, au repentir, et il lui semblait que lui aussi devait se repentir de quelque chose, mais il ne savait pas de quoi. Tout à coup, il eut le désir de parler au père António, parce qu'à lui il aurait pu confesser qu'il voulait se repentir, mais il ne savait pas de quoi il devait se repentir, il ressentait seulement une nostalgie du repentir, ou peut-être la simple idée du repentir lui plaisait-elle, qui sait.

Oui? demanda Pereira. C'est l'heure de la promenade, dit la voix d'une infirmière derrière la porte, le docteur Cardoso vous attend dans le hall. Pereira n'avait aucune envie de faire une promenade, prétend-il, mais il se leva tout de même, défit sa valise, enfila une paire de chaussures de corde, un pantalon en coton et une ample chemise couleur kaki. Il dressa le portrait de sa femme sur la table et lui dit : eh bien, m'y voici arrivé, à cette clinique de thalassothérapie, mais si je m'ennuie je m'en irai, heureusement j'ai amené un livre d'Alphonse Daudet, comme ça je pourrai faire une traduction pour le journal, c'est *Le Petit Chose* qui nous avait surtout plu, de Daudet, tu t'en souviens ? nous le lûmes ensemble à Coimbra et il nous émut tous les deux, c'était l'histoire d'une enfance et peut-être pensions-nous à un fils qui par la suite n'arriva pas, tant pis, de toute façon j'ai amené *Les Contes du lundi* et je crois qu'une nouvelle irait très bien pour le *Lisboa*, mais bon, à présent excuse-moi, je dois te quitter, il paraît qu'il y a un docteur qui m'attend, allons découvrir quelles sont les méthodes de la thalassothérapie, nous nous verrons plus tard.

Quand il arriva dans le hall, il vit un monsieur qui regardait la mer à travers les fenêtres. Pereira s'approcha de lui. C'était un homme entre trente-cinq et quarante ans, avec une barbiche blonde et des yeux bleu ciel. Bonsoir, dit le médecin avec un sourire timide, je suis le docteur Cardoso, vous êtes le doutor Pereira j'imagine, je vous attendais, ce serait l'heure de la promenade des patients sur la plage, mais si vous le préférez, on peut rester ici à discuter, ou sortir dans le jardin. Pereira répondit qu'en effet une promenade sur la plage ne lui convenait guère, il dit qu'il avait déjà été à la plage dans la journée et il raconta comment il s'était baigné à Santo Amaro. Oh, c'est magnifique, s'exclama le docteur Cardoso, je croyais avoir affaire à un patient plus difficile, mais je vois que la nature exerce encore un attrait sur vous. Peut-être suis-je plutôt attiré par les souvenirs, dit Pereira. Dans quel sens? demanda le docteur Cardoso. Je vous l'expliquerai peut-être par la suite, dit Pereira, mais pas maintenant, peut-être demain.

Ils sortirent dans le jardin. On fait une promenade? proposa le docteur Cardoso, cela vous fera du bien, et cela me fera du bien à moi aussi. Derrière les palmiers du jardin, qui poussaient entre les rochers et le sable, il y avait un beau parc. Pereira y suivit le docteur Cardoso, qui avait de toute évidence envie de bavarder. Pour ces quelques jours, c'est à moi que vous êtes confié, dit le médecin, j'ai besoin de parler avec vous et de connaître vos habitudes, vous ne devez pas avoir de secrets pour moi. Demandez-moi tout, dit Pereira très disponible. Le docteur Cardoso cueillit un brin d'herbe et le mit dans sa bouche. Commençons par vos habitudes alimentaires, dit-il, quelles sont-elles? Le matin je prends du café, répondit Pereira, puis je déjeune et je dîne, comme tout le monde, c'est très simple. Et qu'est-ce que vous mangez d'habitude, demanda le docteur Cardoso, je veux dire, quel est votre type d'alimentation? Des omelettes, aurait voulu répondre Pereira, je ne mange pratiquement que des omelettes, parce que ma concierge me prépare des sandwiches à l'omelette et parce que au Café Orquídea ils ne servent que des omelettes aux herbes. Mais il eut honte et il répondit différemment. Une alimentation variée, dit-il, poisson, viande, légumes, je suis assez sobre pour la nourriture et je mange de façon rationnelle. Et votre embonpoint, quand a-t-il commencé à se manifester? demanda le docteur Cardoso. Il y a quelques années, répondit Pereira, après la mort de ma femme. Et pour ce qui est des douceurs, demanda le docteur Cardoso, vous mangez beaucoup de douceurs? Jamais, répondit Pereira, je n'aime pas ça, je ne bois que des citronnades. Des citronnades comment? demanda le docteur Cardoso. Des citrons pressés, répondit Pereira, j'aime beaucoup cela, ça me rafraîchit et j'ai l'impression que ça me fait du bien aux intestins, car j'ai souvent les intestins barbouillés. Combien par jour? demanda le docteur Cardoso. Pereira réfléchit un instant. Cela dépend des jours, répondit-il, maintenant en été, par exemple, une dizaine. Dix citrons pressés par jour! s'exclama le docteur Cardoso, doutor Pereira, ça me semble une folie, et dites-moi, vous mettez du sucre? Je le remplis de sucre, dit Pereira, la moitié du verre pour la citronnade et l'autre moitié pour le sucre. Le docteur Cardoso cracha le brin d'herbe qu'il avait dans la bouche, fit un geste péremptoire de la main et déclara d'un ton sentencieux : à partir d'aujourd'hui, plus de citronnade, on la remplace par de l'eau minérale, non gazeuse si possible, mais si vous préférez de l'eau gazeuse cela va tout aussi bien. Il y avait un banc sous les cèdres du parc, et Pereira s'y assit, obligeant le docteur Cardoso à s'y asseoir à son tour. Excusez-moi, doutor Pereira, dit le docteur Cardoso, je voudrais à présent vous poser une question intime : pour ce qui concerne l'activité sexuelle ? Pereira regarda le sommet des arbres et dit : expliquez-vous mieux. Les femmes, expliqua le docteur Cardoso, est-ce que vous fréquentez des femmes, est-ce que vous avez une activité sexuelle normale ? Écoutez, docteur, dit Pereira, je suis veuf, je ne suis plus très jeune et j'ai un travail très prenant, je n'ai ni le temps ni l'envie de me trouver des femmes. Pas même des cocottes ? demanda le docteur Cardoso, que sais-je, une aventure, une femme facile, de temps en temps. Même pas, dit Pereira, et il sortit un cigare de sa poche en demandant s'il pouvait fumer. Le docteur Cardoso l'y autorisa. Cela ne fait pas de bien à votre maladie du cœur, dit-il, mais si vous ne pouvez pas vous en passer... Je fais ça parce que vos questions m'embarrassent, confessa Pereira. Alors une autre question embarrassante, dit le docteur Cardoso, est-ce que vous avez des pollutions nocturnes ? Je ne comprends pas la question, dit Pereira. Bon, dit le docteur Cardoso, je vous demande si vous avez des rêves érotiques qui vous conduisent à l'orgasme, et si vous en avez, de quoi rêvez-vous ? Écoutez docteur, répondit Pereira, mon père m'a enseigné que nos rêves étaient la chose la plus privée que nous avions, et qu'il ne fallait les révéler à personne. Mais vous êtes ici en cure et je suis votre médecin, répliqua le docteur Cardoso, votre psyché est en rapport avec votre corps, et moi je dois savoir de quoi vous rêvez. Je rêve souvent de la Granja, confessa Pereira. C'est une femme? demanda le docteur Cardoso. C'est une localité, dit Pereira, une plage près de Porto, j'y allais souvent, jeune, quand j'étais étudiant à Coimbra, il y avait aussi Espinho, une plage élégante, avec piscine et casino, je m'y rendais pour nager et jouer au billard, car il y avait une belle salle de billard, et c'est là que venait aussi ma fiancée, que j'épousai par la suite, c'était une fille malade, mais à cette époque elle ne le savait pas encore, elle avait seulement un grand mal de tête, cela a été une belle période de ma vie, et j'y rêve peut-être parce que ça me plaît d'y rêver. Bien, dit le docteur Cardoso, c'est tout pour aujourd'hui, j'aimerais bien manger à votre table ce soir, nous pourrons parler de tout et de rien, je m'intéresse beaucoup à la littérature et j'ai vu que votre journal accorde un espace considérable aux écrivains français du dix-neuvième siècle, vous savez, j'ai étudié à Paris, je suis de culture française, ce soir je vous décrirai le programme de demain, voyons-nous à la salle de restaurant à huit heures.

Le docteur Cardoso se leva et le salua. Pereira resta assis et se mit à regarder le sommet des arbres. Excusez-moi docteur, ajouta Pereira, je vous avais promis d'éteindre mon cigare, mais j'ai envie de le fumer jusqu'au bout. Faites comme vous voulez, reprit le docteur Cardoso, à partir de demain on commence la diète. Pereira resta seul à fumer. Il pensa que le docteur Costa, qui était pourtant une vieille connaissance, ne lui aurait jamais posé des questions aussi personnelles et confidentielles, de toute évidence les jeunes médecins qui avaient étudié à Paris étaient vraiment différents. Pereira se sentit stupide et éprouva un grand embarras *a posteriori*, mais il réfléchit qu'il valait mieux ne pas trop y penser, on voyait bien que c'était une clinique tout à fait particulière, prétend-il.

XVI

À huit heures, très ponctuel, le docteur Cardoso était assis à table dans la salle du restaurant. Pereira prétend que lui aussi fut ponctuel, et qu'il se dirigea vers la table. Il avait revêtu son costume gris et s'était mis une cravate noire. Quand il entra dans la salle, il regarda autour de lui. Il y avait là une cinquantaine de personnes, toutes d'un âge avancé. En tout cas nettement plus âgées que lui. Il s'agissait pour la plupart de vieux couples qui dînaient à la même table. Cela le requinqua, prétend-il, car il pensa qu'au fond il était un des plus jeunes, et ça lui fit plaisir de ne pas être si vieux. Le docteur Cardoso lui sourit et fit le geste de se lever. Pereira, d'un signe de la main, le pria de rester assis. Bien, docteur Cardoso, dit Pereira, pour ce dîner aussi je suis entre vos mains. Un verre d'eau minérale à jeun est toujours de bonne règle hygiénique, dit le docteur Cardoso. Gazeuse, demanda Pereira. Gazeuse, concéda le docteur Cardoso, et il lui remplit un verre. Pereira le but avec une légère répulsion et exprima le désir d'une citronnade. Doutor Pereira, dit le docteur Cardoso, j'aimerais savoir quels sont vos projets pour la page culturelle du *Lisboa*, j'ai beaucoup apprécié votre hommage à Pessoa et le récit de Maupassant, il était très bien traduit. C'est moi qui l'ai traduit, répondit Pereira, mais je n'aime pas signer. Vous devriez le faire, répliqua le docteur Cardoso, surtout les articles les plus importants, alors qu'est-ce que votre journal nous réserve pour l'avenir? Je vais vous dire, docteur Cardoso, répondit Pereira, pour les trois ou quatre prochains numéros il y a un texte de Balzac, qui s'appelle *Honorine*, je ne sais pas si vous le connaissez. Le docteur Cardoso fit signe que non de la tête. C'est un récit sur le repentir, dit Pereira, un beau récit sur le repentir, au point que je l'ai lu selon un angle autobiographique. Un repentir du grand Balzac? interrompit le docteur Cardoso. Pereira demeura un moment pensif. Excusez-moi de vous demander cela, docteur Cardoso, dit-il, vous m'avez dit cet après-midi que vous aviez étudié en France, quelles études avez-vous faites, si vous permettez? J'ai passé un diplôme de médecine, puis j'ai fait deux spécialisations, l'une en diétologie et l'autre en psychologie, répondit le docteur Cardoso. Je ne vois pas le lien entre les deux spécialisations, prétend avoir dit Pereira, excusez-moi mais je ne vois pas le lien. Peut-être y a-t-il un lien plus fort qu'on ne le pense, dit le docteur Cardoso, je ne sais pas si vous pouvez vous représenter les liens qui s'établissent entre notre corps et notre psyché, mais il y en a plus que vous ne l'imaginez, quoi qu'il en soit vous me disiez que le récit de Balzac est un récit autobiographique. Oh, je ne voulais pas dire ça, reprit Pereira, ce que je voulais dire, c'est que moi je l'ai lu de façon autobiographique, que je m'y suis reconnu. Dans le repentir? demanda le docteur Cardoso. En quelque sorte oui, dit Pereira, même si c'est d'une façon très transversale, ou plutôt limitrophe, c'est le mot, disons que je m'y suis reconnu de façon limitrophe.

Le docteur Cardoso fit une signe à la demoiselle. Ce soir nous mangeons du poisson, dit le docteur Cardoso, je préférerais que vous preniez un poisson au gril ou bouilli, mais on peut aussi le faire de différentes manières. J'ai déjà mangé du poisson grillé au déjeuner, se justifia Pereira, et bouilli je n'aime vraiment pas cela, ça sent trop l'hôpital, je n'aime pas me considérer à l'hôpital, je préfère penser que je me trouve à l'hôtel, je prendrais volontiers une sole meunière. Parfait, dit le docteur Cardoso, une sole meunière avec des carottes au beurre, je prends la même chose. Puis il continua : le repentir de façon limitrophe, qu'est-ce que ça signifie? Le fait que vous ayez étudié la psychologie m'encourage à vous parler, dit Pereira, peut-être ferais-je mieux de parler à mon ami le père António, qui est prêtre, mais sans doute ne comprendrait-il pas, car à un prêtre, on doit lui confesser ses propres fautes, moi je ne me sens coupable de rien de spécial, et j'ai pourtant le désir de me repentir, j'éprouve une nostalgie du repentir. Vous devriez peut-être approfondir la question, doutor Pereira, dit le docteur Cardoso, et si vous avez envie de le faire avec moi, je suis à votre disposition. Eh bien, dit Pereira, c'est une sensation étrange, qui se trouve à la périphérie de ma personnalité, c'est pour cela que je l'appelle limitrophe, toujours est-il que d'un côté je suis content d'avoir mené la vie que j'ai menée, je suis content d'avoir fait mes études à Coimbra, d'avoir épousé une femme malade qui a passé sa vie dans les sanatoriums, de m'être occupé des faits divers pendant tant d'années dans un grand journal et d'avoir à présent accepté de diriger la page culturelle de ce modeste journal de l'après-midi, mais, dans le même temps, c'est comme si j'avais envie de me repentir de ma vie, je ne sais pas si je me fais comprendre.

Le docteur Cardoso commença de manger sa sole meunière et Pereira suivit son exemple. Il faudrait que je connaisse mieux les derniers mois de votre vie, dit le docteur Cardoso, peut-être y a-t-il eu un événement. Un événement dans quel sens, demanda Pereira, que voulez-vous dire par là ? Événement est un terme de psychanalyse, dit le docteur Cardoso, ce n'est pas que je croie trop à Freud, car je suis un syncrétiste, mais je pense que sur la question de l'événement, il a sans nul doute raison, l'événement est quelque chose de concret qui arrive dans notre vie et qui bouleverse ou qui trouble nos convictions et notre équilibre, en bref, on peut dire que l'événement est un fait qui se produit dans la vie réelle et qui exerce une influence sur la vie psychique, vous devriez réfléchir s'il y a eu un événement dans votre vie. J'ai rencontré une personne, prétend avoir dit Pereira, ou plutôt deux personnes, un jeune homme et sa petite amie. Parlez-moi d'eux, dit le docteur Cardoso. Bien, dit Pereira, il y a que, pour la page culturelle, j'avais besoin de préparer les nécrologies anticipées des écrivains importants qui pourraient mourir d'un moment à l'autre, et la personne que j'ai rencontrée a fait son mémoire de maîtrise sur la mort, qu'il a, certes, copié en partie, mais au début il m'a donné l'impression de s'y connaître sur la question de la mort, aussi l'ai-je pris comme stagiaire, pour faire les nécrologies anticipées, et il m'en a fait quelques-unes, je les lui ai payées de ma poche, car je ne voulais pas peser sur le journal, mais elles sont toutes impubliables, parce que ce jeune homme a la politique en tête et il fait chaque nécrologie avec une vision politique, à vrai dire je pense que c'est son amie qui lui met ces idées dans la tête, enfin, bon, le fascisme, le socialisme, la guerre civile en Espagne et d'autres choses du même genre, ce sont tous des articles impubliables, comme je vous l'ai dit, et jusqu'à présent je l'ai payé. Il n'y a rien de mal, répondit le docteur Cardoso, au fond vous ne risquez que votre argent. Ce n'est pas cela, prétend avoir admis Pereira, non, c'est plutôt qu'il m'est venu un doute : et si ces deux jeunes avaient raison ? Dans ce cas, ce sont eux qui auraient raison, tout simplement, dit avec calme le docteur Cardoso, mais c'est l'Histoire qui le dira, et non pas vous, doutor Pereira. Oui, dit Pereira, mais s'ils avaient raison, ma vie n'aurait pas de sens, ça n'aurait pas de sens d'avoir étudié les lettres à Coimbra et d'avoir toujours cru que la littérature était la chose la plus importante du monde, ça n'aurait pas de sens que je dirige la page culturelle de ce journal de l'après-midi où je ne peux pas exprimer mon opinion et où je dois publier des récits du dix-neuvième siècle français, plus rien n'aurait de sens, et c'est de cela que je ressens le besoin de me repentir, comme si j'étais une autre personne et non le Pereira qui a toujours été journaliste, comme si je devais renier quelque chose.

Le docteur Cardoso appela la demoiselle et commanda deux macédoines de fruits sans sucre ni glace. Je voudrais vous poser une question, dit le docteur Cardoso, vous connaissez les *médecins-philosophes* ? Non, admit Pereira, je ne les connais pas, qui sont-ils ? Les principaux sont Théodule Ribot et Pierre Janet, dit le docteur Cardoso, ce sont leurs textes que j'ai étudiés à Paris, ils sont médecins et psychologues, mais aussi philosophes, ils soutiennent une théorie qui me paraît intéressante, celle de la confédération des âmes. Parlez-moi de cette théorie, dit Pereira. Eh bien, dit le docteur Cardoso, croire qu'on est « un » et qu'on se suffit à soi-même, détaché de l'incommensurable pluralité des propres moi, représente l'illusion, au demeurant ingénue, d'une âme unique de tradition chrétienne ; le docteur Ribot et le docteur Janet voient la personnalité comme la confédération de plusieurs âmes, car nous avons plusieurs âmes en nous, n'est-ce pas, une confédération qui se place sous le contrôle d'un moi hégémonique. Le docteur marqua une petite pause, puis il poursuivit : ce qu'on appelle la norme, ou l'être, ou la normalité, n'est qu'un résultat, non un préalable, et dépend du contrôle d'un moi hégémonique qui s'est imposé dans la confédération de nos âmes ; dans le cas où un autre moi apparaît, plus fort et plus puissant, alors ce moi renverse le moi hégémonique et prend sa place, étant amené à diriger la cohorte des âmes, ou mieux la confédération, et sa domination se maintient jusqu'à ce qu'il soit renversé à son tour par un autre moi hégémonique, suite à une attaque directe ou après une patiente érosion. Peut-être y a-t-il, après une patiente érosion, un moi hégémonique qui est en train de prendre la tête de la confédération de vos âmes, doutor Pereira, conclut le docteur Cardoso, et vous ne pouvez rien y faire, vous ne pouvez qu'éventuellement y aider.

Le docteur Cardoso termina de manger sa macédoine et s'essuya la bouche avec la serviette. Et donc, qu'est-ce qu'il me reste à faire ? demanda Pereira. Rien, répondit le docteur Cardoso, simplement attendre, peut-être y a-t-il en vous un moi hégémonique qui, après une lente érosion, après toutes ces années passées dans le journalisme à suivre les faits divers en croyant que la littérature était la chose la plus importante du monde, peut-être y a-t-il un moi hégémonique qui prend la conduite de la confédération de vos âmes, et vous le laissez venir à la surface, de toute façon vous ne pourriez pas faire autrement, vous n'y arriveriez pas, vous entreriez en conflit avec vous-même, et si vous voulez vous repentir de votre vie, allez-y, de même que si vous voulez raconter cela à un prêtre, racontez-le-lui, parce que, somme toute, doutor Pereira, si vous commencez de penser que ces deux jeunes gens ont raison et que votre vie a été inutile jusqu'à présent, eh bien pensez-le, peut-être que dorénavant votre vie ne vous semblera plus inutile, si vous vous laissez conduire par votre nouveau moi hégémonique et que vous ne compensez plus vos tourments par la nourriture et par des citronnades pleines de sucre.

Pereira termina de manger sa macédoine de fruits et enleva la serviette qu'il s'était mise autour du cou. Votre théorie est très intéressante, dit-il, j'y réfléchirai, j'aimerais bien prendre un café, qu'en dites-vous ? Le café provoque des insomnies, dit le docteur Cardoso, mais si vous ne voulez pas dormir c'est votre affaire, les bains d'algues ont lieu deux fois par jour, à neuf heures du matin et à cinq heures de l'après-midi, j'aimerais bien que vous soyez ponctuel demain matin, je suis sûr qu'un bain d'algues vous fera du bien.

Bonne nuit, murmura Pereira. Il se leva et s'éloigna. Il fit quelques pas, puis se retourna. Le docteur Cardoso lui souriait. Je serai là à neuf heures précises, prétend avoir dit Pereira.

XVII

Pereira prétend qu'à neuf heures du matin, il descendit les escaliers qui conduisaient à la plage de la clinique. Deux énormes piscines avaient été creusées dans les rochers qui bordaient la plage, et les vagues de l'océan y entraient à leur gré. Les bassins étaient pleins de longues algues, brillantes, grasses, qui formaient une épaisse couche à fleur de l'eau, et quelques personnes y barbotaient. À côté des piscines se dressaient deux cabines de bois peintes en bleu ciel : les vestiaires. Pereira vit le docteur Cardoso qui surveillait les patients plongés dans les bassins et leur donnait des instructions sur la façon de se déplacer. Pereira s'approcha de lui et lui souhaita le bonjour. Il se sentait de bonne humeur, prétend-il, et l'envie lui était venue d'entrer dans ces bassins, même s'il faisait froid sur la plage et que la température de l'eau n'était pas idéale pour un bain. Il demanda au docteur Cardoso de lui fournir un costume, parce qu'il avait oublié d'en amener un avec lui, se justifia-t-il, et il le pria de lui en trouver un à l'ancienne, de ceux qui couvrent le ventre et une partie du torse. Le docteur Cardoso secoua la tête. Je suis désolé, doutor Pereira, dit-il, mais il faudra surmonter votre pudeur, l'effet bénéfique des algues s'exerce surtout au contact avec l'épiderme, et il est nécessaire qu'elles vous massent le ventre et le torse, vous devrez mettre un costume court, une paire de caleçons. Pereira se résigna et entra dans le vestiaire. Il laissa son pantalon et sa chemise couleur kaki dans l'armoire et sortit. L'air était vraiment frais, mais tonifiant. Pereira prit la température de l'eau avec un pied, et ne la trouva pas aussi gelée qu'il s'y attendait. Il entra prudemment dans le bain, en éprouvant une légère répulsion à cause de toutes ces algues qui s'enroulaient autour du corps. Le docteur Cardoso vint au bord du bassin et commença de lui donner des instructions. Bougez les bras comme si vous faisiez des exercices de gymnastique, lui dit-il, et massez-vous le ventre et le torse avec les algues. Pereira suivit attentivement les instructions jusqu'à ce qu'il sente qu'il était à bout de souffle. Alors il s'arrêta, avec de l'eau jusqu'au cou, et il se mit à agiter les mains, lentement. Comment avez-vous dormi cette nuit? lui demanda le docteur Cardoso. Bien, répondit Pereira, mais j'ai lu tard, j'ai avec moi un livre d'Alphonse Daudet, vous aimez Daudet? Je le connais mal, confessa le docteur Cardoso. J'ai pensé traduire un récit des *Contes du lundi,* je voudrais le publier dans le *Lisboa*, dit Pereira. Racontez-le-moi, dit le docteur Cardoso. Eh bien, dit Pereira, ça s'appelle *La Dernière Classe*, cela parle de l'instituteur d'un village français en Alsace, ses élèves sont des fils de paysans, de pauvres garçons qui doivent travailler dans les champs, qui sèchent les cours, et l'instituteur est désespéré. Pereira fit quelques pas en avant, de manière que l'eau ne lui entre pas dans la bouche. Et enfin, continua-t-il, on arrive au dernier jour d'école, la guerre franco-prussienne est finie, l'instituteur attend sans trop d'espoir qu'un élève ou l'autre le rejoigne et, au lieu de ça, ce sont tous les hommes du coin qui se présentent, les paysans, les vieux du village, ils viennent rendre hommage à l'instituteur français en partance, car ils savent que, le lendemain, leur sol sera occupé par les Allemands, alors l'instituteur écrit «Vive la France» sur le tableau, et s'en va ainsi, les larmes aux yeux, laissant une grande émotion dans la salle. Pereira se débarrassa de deux algues enroulées autour de son bras et demanda : qu'est-ce que vous en dites, docteur Cardoso ? C'est beau, répondit le docteur Cardoso, mais je ne sais pas si aujourd'hui, au Portugal, les gens apprécieront de lire «Vive la France», vu les temps qui courent, qui sait si vous n'êtes pas en train de faire place à votre nouveau moi hégémonique, doutor Pereira, il me semble entrevoir un nouveau moi hégémonique. Mais qu'est-ce que vous racontez, docteur Cardoso, dit Pereira, il s'agit d'un texte du XIXe siècle, c'est du passé. Oui, dit le docteur Cardoso, mais même ainsi ça demeure un récit contre l'Allemagne, et on ne touche pas à l'Allemagne dans un pays comme le nôtre, vous avez vu la façon dont le salut a été imposé lors des manifestations officielles, ils saluent tous avec le bras tendu, comme les nazis. On verra bien, dit Pereira, mais le *Lisboa* est un journal indépendant. Puis il demanda : je peux sortir ? Encore dix minutes, répliqua le docteur Cardoso, puisque vous y êtes, restez-y et faites le temps complet de la thérapie, mais excusez-moi, qu'est-ce que ça veut dire un journal indépendant au Portugal ? Un journal qui n'est lié à aucun mouvement politique, répondit Pereira. C'est peut-être le cas, dit le docteur Cardoso, mais le directeur de votre journal, cher doutor Pereira, est un personnage du régime, il apparaît dans toutes les manifestations officielles et, à sa façon de tendre le bras, on dirait qu'il veut le lancer comme un javelot. C'est vrai, admit Pereira, mais au fond ce n'est pas quelqu'un de méchant, et pour ce qui est de la page culturelle, il m'a laissé les pleins pouvoirs. C'est facile, objecta le docteur Cardoso, de toute façon il y a la censure préventive, chaque jour avant de sortir les épreuves de votre journal passent à travers l'imprimatur de la censure préventive, et s'il y a quelque chose qui ne va pas, vous pouvez être tranquille que ce ne sera pas publié, peut-être qu'ils laisseront un espace blanc, ça m'est déjà arrivé de voir des journaux portugais avec de grands espaces blancs, cela inspire une grande rage et une grande mélancolie. Je comprends, dit Pereira, je les ai déjà vus moi aussi, mais au *Lisboa* ce n'est pas encore arrivé. Cela peut encore arriver, répliqua le docteur Cardoso sur le ton de la plaisanterie, ça dépend du moi hégémonique qui va prendre le dessus dans la confédération de vos âmes. Puis il poursuivit : vous savez quoi doutor Pereira, si vous voulez aider le moi hégémonique qui est en train de prendre le dessus, vous devriez peut-être aller ailleurs, quitter ce pays, je crois que vous aurez moins de conflits avec vous-même, au fond vous pouvez le faire, vous êtes un professionnel sérieux, vous parlez bien le français, vous êtes veuf, vous n'avez pas d'enfant, qu'est-ce qui vous lie à ce pays ? Une vie passée, répondit Pereira, la nostalgie, et vous, docteur Cardoso, pourquoi vous ne retournez pas en France ? au fond vous y avez étudié et vous êtes de culture française. Je ne l'exclus pas, répondit le docteur Cardoso, je suis en contact avec une clinique de thalassothérapie à Saint-Malo, il se pourrait bien que je me décide d'un moment à l'autre. À présent je peux sortir ? demanda Pereira. Le temps a passé sans que nous nous en rendions compte, dit le docteur Cardoso, vous êtes resté en thérapie dix minutes de plus que nécessaire, allez seulement vous rhabiller, que diriez-vous de déjeuner ensemble ? Volontiers, approuva Pereira.

Ce jour-là Pereira mangea en compagnie du docteur Cardoso, prétend-il, et sur son conseil il choisit un merlan bouilli. Ils parlèrent de littérature, de Maupassant et de Daudet, et de la France, qui était un grand pays. Pereira se retira ensuite dans sa chambre et fit une sieste d'un quart d'heure, il s'assoupit seulement, puis il se mit à regarder les bandes de lumière et d'ombre des persiennes sur le plafond. Au milieu de l'après-midi, il se leva, prit une douche, se rhabilla, mit sa cravate noire et s'assit devant le portrait de sa femme. J'ai rencontré un médecin intelligent, lui dit-il, il s'appelle Cardoso, il a étudié en France, il m'a illustré sa théorie sur l'âme humaine, ou plutôt, c'est une théorie philosophique française, il paraît qu'il y a une confédération d'âmes à l'intérieur de nous et que de temps en temps un moi hégémonique prend la conduite de la confédération, le docteur Cardoso prétend que je suis en train de changer de moi hégémonique, de la même façon que les serpents changent de peau, et que ce moi hégémonique changera ma vie, je ne sais pas jusqu'à quel point c'est vrai et, à la vérité, je n'en suis pas trop convaincu, mais bon, patience, on verra bien.

Puis il se mit à la table et commença de traduire *La Dernière Classe* de Daudet, Il avait emporté son Larousse avec lui, qui lui servait beaucoup. Mais il n'en traduisit qu'une seule page, parce qu'il voulait le faire calmement et parce que ce récit lui tenait compagnie. Et, en effet, pendant toute la semaine où Pereira resta à la clinique de thalassothérapie, il passa tous ses après-midi à traduire le récit de Daudet, prétend-il.

Ce fut une belle semaine, de diète, de thérapie et de repos, égayée par la présence du docteur Cardoso avec lequel il eut toujours des conversations vives et intéressantes, surtout à propos de littérature. Ce fut une semaine qui passa comme un instant, le premier feuilleton d'*Honorine* de Balzac sortit le samedi sur le *Lisboa* et le docteur Cardoso lui fit ses compliments. Pas une fois le directeur ne l'appela, ce qui signifiait que tout allait bien au journal. Monteiro Rossi non plus ne se manifesta pas, pas plus que Marta. Dans les derniers jours, Pereira ne pensait presque plus à eux. Quand il abandonna la clinique pour prendre le train de Lisbonne, il se sentait tonifié et en forme, et il avait maigri de quatre kilos, prétend Pereira.

XVIII

Il rentra à Lisbonne, et une bonne partie du mois d'août passa comme si de rien n'était, prétend Pereira. Sa femme de ménage n'était pas encore rentrée, il trouva une carte postale de Setúbal dans sa boîte aux lettres, qui disait : « Je rentrerai vers la mi-septembre, car ma sœur doit se faire opérer des varices, mes meilleures salutations, Piedade. »

Pereira prit de nouveau possession de son appartement. Heureusement, le temps avait changé et il ne faisait pas trop chaud. Le soir, une forte brise atlantique se levait, qui obligeait à mettre une veste. Il retourna à la rédaction et ne trouva rien de bien nouveau. La concierge ne le boudait plus et le saluait avec davantage de cordialité, mais une terrible puanteur de friture continuait de flotter sur le palier. Il y avait peu de courrier. Il trouva la facture d'électricité et la fit parvenir à la rédaction centrale. Il y avait aussi une lettre venant de Chaves, d'une femme dans la cinquantaine qui écrivait des récits pour enfants et en proposait un au *Lisboa*. C'était un récit de fées et d'elfes, qui n'avait rien à voir avec le Portugal et que la dame avait dû copier dans quelque nouvelle irlandaise. Pereira lui écrivit une aimable lettre, l'invitant à s'inspirer du folklore portugais, parce que, lui dit-il, le *Lisboa* s'adressait à des lecteurs portugais, non à des lecteurs anglo-saxons. Vers la fin du mois, une lettre arriva d'Espagne. Elle était adressée à Monteiro Rossi et l'inscription disait : Señor Monteiro Rossi, c/o doutor Pereira, Rua Rodrigo da Fonseca 66, Lisboa, Portugal. Pereira fut tenté de l'ouvrir. Il avait presque oublié Monteiro Rossi, du moins le croyait-il, et il trouva incroyable que le jeune homme se fasse adresser des lettres à la rédaction culturelle du *Lisboa*. Il la mit dans le dossier « Nécrologies » sans l'ouvrir. À midi, il déjeunait au Café Orquídea, mais il ne prenait plus d'omelettes aux herbes, car le docteur Cardoso les lui avait interdites, et il ne buvait plus de citronnades, il prenait des salades de poisson et buvait de l'eau minérale. *Honorine* de Balzac avait été publié en entier, et avait rencontré un grand succès auprès du public. Pereira prétend qu'il reçut même deux télégrammes, de Tavira et d'Estremoz, qui disaient l'un que le récit était extraordinaire, l'autre que le repentir est une chose à laquelle nous devons tous penser, et tous deux se terminaient par le mot merci. Pereira pensa que quelqu'un avait peut-être reçu le message dans la bouteille, qui sait, et il se prépara à rédiger la version définitive de sa traduction d'Alphonse Daudet. Le directeur lui téléphona un matin pour le féliciter du récit de Balzac, pour lui dire que la rédaction centrale avait reçu une avalanche de lettres de compliments. Pereira pensa que le directeur ne pouvait pas recueillir le message dans la bouteille, et il se réjouit en lui-même. Au fond, il s'agissait vraiment d'un message chiffré, que seul pouvait recevoir celui qui était à même de l'entendre. Le directeur ne pouvait ni l'entendre, ni le recevoir. Et à présent, doutor Pereira, demanda le directeur, et à présent qu'est-ce que vous nous préparez de nouveau? J'ai à peine fini de traduire un récit de Daudet, répondit Pereira, je pense que cela passera bien. J'espère que ce n'est pas *L'Arlésienne*, répliqua le directeur en faisant état avec satisfaction d'une de ses rares connaissances littéraires, c'est un récit un peu *osé*, et je ne sais pas si ça irait bien pour nos lecteurs. Non, se limita à répondre Pereira, c'est un récit des *Contes du lundi*, qui s'appelle *La Dernière Classe*, je ne sais pas si vous le connaissez, c'est un récit patriotique. Je ne le connais pas, répondit le directeur, mais s'il s'agit d'un récit patriotique cela va très bien, nous avons tous besoin de patriotisme par les temps qui courent, le patriotisme est bénéfique. Pereira le salua et raccrocha. Il se préparait à emmener son texte dactylographié à l'imprimerie lorsque le téléphone sonna de nouveau. Pereira était sur le pas de la porte et avait déjà endossé son veston. Allô, dit une voix féminine, bonjour doutor Pereira, c'est Marta, j'aurais besoin de vous voir. Pereira ressentit un coup au cœur et demanda : Marta, comment allez-vous, comment va Monteiro Rossi ? Je vous raconterai, doutor Pereira, dit Marta, où puis-je vous voir ce soir ? Pereira réfléchit un instant et fut sur le point de lui dire de passer chez lui, puis il pensa qu'il valait mieux pas chez lui et répondit : au Café Orquídea, à huit heures et demie. D'accord, dit Marta, je me suis coupé les cheveux et je les ai teints en blond, on se voit au Café Orquídea à huit heures et demie, en tout cas Monteiro Rossi va bien et il vous envoie un article.

Pereira sortit pour aller à l'imprimerie, il se sentait inquiet, prétend-il. Il songea à retourner à la rédaction pour y attendre l'heure du dîner, mais il comprit qu'il avait besoin de rentrer chez lui et de prendre un bain froid. Il prit un taxi et l'obligea à monter la rampe qui conduisait à son immeuble, d'habitude les taxis ne voulaient pas s'engager dans cette rampe parce qu'il était difficile de manœuvrer, de sorte que Pereira dut promettre un pourboire, car il se sentait épuisé, prétend-il. Il rentra chez lui et, en premier lieu, remplit la baignoire d'eau froide. Il s'y plongea et se frotta le ventre avec soin, comme lui avait appris à le faire le docteur Cardoso. Puis il passa un peignoir et alla dans le vestibule, devant le portrait de sa femme. Marta s'est de nouveau manifestée, lui dit-il, il paraît qu'elle s'est coupé les cheveux et qu'elle se les est teints en blond, va savoir pourquoi, elle m'apporte un article de

Monteiro Rossi, mais Monteiro Rossi est évidemment encore à ses affaires, ces jeunes gens me donnent du souci, enfin bon, tant pis, je te raconterai les développements plus tard.

À huit heures trente-cinq, prétend Pereira, il entra dans le Café Orquídea. La seule raison pour laquelle il identifia Marta dans la jeune fille maigre et blonde aux cheveux courts qui était près du ventilateur fut qu'elle portait la même robe que les autres fois, sans quoi il ne l'aurait simplement pas reconnue. Marta semblait transformée, ces cheveux blonds et courts, avec une frange et des accroche-cœur sur les oreilles, lui donnaient un air coquin et étranger, peut-être français. Et puis, elle devait avoir maigri d'au moins dix kilos. Ses épaules, que Pereira se rappelait douces et rondes, montraient deux omoplates osseuses, comme deux ailes de poulet. Pereira s'assit en face d'elle et lui dit : bonsoir Marta, qu'est-ce qui s'est passé ? J'ai décidé de changer ma physionomie, répondit Marta, c'est nécessaire dans certaines circonstances, et pour moi il était devenu nécessaire de me transformer en une autre personne.

Sans vraie raison, il vint en tête à Pereira de lui poser une question. Il ne saurait dire pourquoi il la lui posa. Peut-être parce qu'elle était trop blonde et trop artificielle et qu'il avait de la difficulté à reconnaître en elle la jeune fille qu'il avait connue, peut-être parce qu'elle jetait de temps en temps un regard furtif autour d'elle comme si elle attendait quelqu'un ou avait peur, toujours est-il que Pereira lui demanda : vous vous appelez encore Marta ? Pour vous je suis Marta, bien sûr, répondit Marta, mais j'ai un passeport français, je m'appelle Lise Delaunay, je suis peintre de profession et je suis au Portugal pour peindre des paysages à l'aquarelle, quoique la vraie raison soit le tourisme.

Pereira éprouva un fort désir de commander une omelette aux herbes et de boire une citronnade, prétend-il. Que diriez-vous de prendre chacun une omelette aux herbes ? demanda-t-il à Marta. Avec plaisir, répondit Marta, mais avant cela je boirais volontiers un porto sec. Moi aussi, dit Pereira, et il commanda deux portos secs. Je sens à vue de nez qu'il y a des problèmes, dit Pereira, vous avez des ennuis, Marta, vous pouvez me le confier. Disons que oui, répondit Marta, mais ce sont des ennuis qui me plaisent, je m'y trouve à l'aise, au fond c'est la vie que j'ai choisie. Pereira écarta les bras. Si vous êtes contente, dit-il, et Monteiro Rossi, il a des ennuis lui aussi, j'imagine, parce qu'il ne s'est plus manifesté, qu'est-ce qui lui arrive ? Je veux bien parler de moi, mais pas de Monteiro Rossi, dit Marta, je ne réponds qu'à mon propos, s'il ne s'est pas manifesté auprès de vous jusqu'à présent, c'est qu'il avait des problèmes, pour le moment il est encore en dehors de Lisbonne, il circule dans l'Alentejo, ses problèmes sont cependant peut-être plus graves que les miens, toujours est-il qu'il a aussi besoin d'argent et c'est pour cela qu'il vous envoie un article, il dit que c'est une éphéméride, si vous voulez vous pouvez me donner l'argent à moi, je m'occuperai de le lui faire parvenir.

Eh bien voyons, ses fameux articles, aurait eu envie de répondre Pereira, nécrologies ou éphémérides cela revient au même, je n'arrête pas de le payer de ma poche, Monteiro Rossi, je ne sais encore pas pourquoi je ne le licencie pas, je lui avais proposé d'être journaliste, je lui avais fait miroiter une carrière. Mais il ne dit rien de tout cela. Il sortit son portefeuille et prit deux billets. Vous les lui remettrez de ma part, et maintenant donnez-moi l'article. Marta prit une feuille dans son sac et la lui tendit. Écoutez, Marta, dit Pereira, je voudrais vous avertir que pour certaines choses vous pouvez compter sur moi, même si je voulais rester à l'écart de vos problèmes, comme vous le savez, je ne m'intéresse pas à la politique, en tout cas si vous entrez en communication avec Monteiro Rossi, dites-lui de se manifester, peut-être pourrai-je l'aider lui aussi, à ma façon. Vous nous êtes d'une grande aide à nous tous, doutor Pereira, dit Marta, notre cause ne vous oubliera pas. Ils finirent de manger leur omelette, et Marta dit qu'elle ne pouvait rester plus longtemps. Pereira la salua et Marta partit, s'esquivant avec délicatesse. Pereira resta à la petite table et commanda une autre citronnade. Il aurait voulu parler de tout cela au père António ou au docteur Cardoso, mais le père António était sûrement en train de dormir à cette heure, et le docteur Cardoso était à Parede. Il but sa citronnade et paya l'addition. Qu'est-ce qui se passe ? demanda-t-il au garçon quand celui-ci s'approcha. Des choses incroyables, répondit Manuel, des choses incroyables, doutor Pereira. Pereira lui posa la main sur le bras. Des choses incroyables, dans quel sens ? demanda-t-il. Vous ne savez pas ce qui se passe en Espagne ? répondit le garçon. Je l'ignore, dit Pereira. Il paraît qu'il y a un grand écrivain français qui a dénoncé la répression franquiste en Espagne, dit Manuel, un scandale a éclaté avec le Vatican. Et comment s'appelle cet écrivain français ? demanda Pereira. Bah, répondit Manuel, à présent je ne m'en souviens pas, c'est un écrivain que vous connaissez sûrement, il s'appelle Bernan, Bernadette, quelque chose dans le genre. Bernanos, s'exclama Pereira, il s'appelle Bernanos !? Exactement, répondit Manuel, il s'appelle exactement comme ça. C'est un grand écrivain catholique, dit Pereira avec fierté, je savais qu'il prendrait position, il a une éthique de fer. Et l'idée lui vint qu'il pourrait peut-être, sur le *Lisboa*, publier un ou deux chapitres du *Journal d'un curé de campagne*, qui n'avait jamais été traduit en portugais.

Il salua Manuel et lui laissa un bon pourboire. Il aurait eu envie de parler au père António, mais le père António dormait à cette heure, il se levait tous les matins à six heures pour célébrer la messe à l'église das Mercês, prétend Pereira.

XIX

Le lendemain matin Pereira se leva très tôt, prétend-il, et il alla trouver le père António. Il le surprit dans la sacristie de l'église, tandis qu'il était en train de retirer les parements sacrés. La sacristie était très fraîche, il y avait des tableaux religieux et des ex-voto sur les murs.

Bonjour, père António, dit Pereira, je suis là. Pereira, grommela le père António, on ne te voyait plus, où donc étais-tu fourré ? J'étais à Parede, se justifia Pereira, j'ai passé une semaine à Parede. À Parede !? s'exclama le père António, et qu'est-ce que tu faisais à Parede ? J'ai été dans une clinique de thalassothérapie, répondit Pereira, pour faire des bains d'algues et des cures naturelles. Le père António lui demanda de l'aider à enlever son étole et lui dit : tu as parfois de ces idées dans la tête. J'ai maigri de quatre kilos, ajouta Pereira, et j'ai rencontré un médecin qui m'a raconté une théorie intéressante sur l'âme. C'est pour cela que tu es venu ? demanda le père António. En partie, admit

Pereira, mais je voulais aussi parler d'autres choses. Alors parle, dit le père António. Eh bien, commença Pereira, c'est une théorie de deux philosophes français qui sont aussi psychologues, ils soutiennent que nous n'avons pas une âme unique, mais une confédération d'âmes qui est guidée par un moi hégémonique, et de temps en temps ce moi hégémonique change, de sorte que nous rejoignons une norme, mais ce n'est pas une norme stable, c'est une norme variable. Écoute-moi bien, Pereira, dit le père António, moi je suis un Franciscain, je suis une personne simple, il me semble que tu es en train de devenir hérétique, l'âme humaine est une et indivisible, c'est Dieu qui nous l'a donnée. Oui, répliqua Pereira, mais si à la place de l'âme, comme le veulent les philosophes français, on met le mot personnalité, il n'y a tout à coup plus d'hérésie, et je me suis convaincu que nous n'avons pas une personnalité unique, non, nous avons plusieurs personnalités qui coexistent sous la conduite d'un moi hégémonique. Cela me semble une théorie captieuse et dangereuse, objecta le père António, la personnalité dépend de l'âme, et l'âme est une et indivisible, ton discours est en odeur d'hérésie. Et pourtant je me sens différent d'il y a quelques mois, confessa Pereira, je pense des choses que je n'aurais jamais pensées, je fais des choses que je n'aurais jamais faites. Il te sera arrivé quelque chose, dit le père António. J'ai connu deux personnes, dit Pereira, un jeune homme et une jeune femme, et c'est en faisant leur connaissance que j'ai peut-être changé. Cela arrive, répondit le père António, les personnes ont de l'influence sur nous, cela arrive. Je ne sais pas comment ils peuvent avoir de l'influence sur moi, dit Pereira, ce sont deux pauvres romantiques sans futur, ce serait plutôt à moi d'exercer une influence sur eux, puisque c'est moi qui les soutiens, et même, en ce qui concerne le garçon, c'est pratiquement moi qui l'entretiens, je n'arrête pas de lui donner des sous de ma poche, je l'ai engagé comme stagiaire, mais il ne m'écrit pas un seul article qui soit publiable. Dites-moi, père António, vous croyez que ça me ferait du bien de me confesser ? Tu as commis un péché de chair ? demanda le père António. L'unique chair que je connaisse est celle que je transporte avec moi, répondit Pereira. Alors écoute, Pereira, conclut le père António, ne me fais pas perdre de temps, parce que pour la confession je dois me concentrer, et je ne veux pas me fatiguer, je vais devoir bientôt aller visiter mes malades, parlons de tout et de rien et de tes affaires en général, mais pas en confession, non, comme des amis.

Le père António s'assit sur le banc de la sacristie et Pereira se mit à côté de lui. Écoutez-moi, père António, dit Pereira, je crois en Dieu le père tout-puissant, je reçois les sacrements, je respecte les commandements et je m'efforce de ne pas pécher, même si le dimanche je ne vais parfois pas à la messe, mais ce n'est pas par manque de foi, c'est seulement de la paresse, je crois être un bon catholique et les enseignements de l'église me tiennent à cœur, pourtant je suis dorénavant un peu troublé, et puis, bien que je sois journaliste, je ne suis pas informé de ce qui se passe dans le monde, et je suis à présent très perplexe car il me semble qu'il y a une grande polémique sur les positions des écrivains catholiques français à propos de la guerre civile espagnole, je voudrais que vous me mettiez un peu au courant, père António, parce que vous connaissez bien ces choses et je voudrais savoir comment me comporter pour ne pas être hérétique. Mais dans quel monde vis-tu, Pereira! s'exclama le père António. Eh bien, chercha à se justifier Pereira, le fait est que je viens de passer une semaine à Parede, et puis cet été je n'ai pas acheté le moindre journal étranger, avec les journaux portugais on ne réussit pas à en apprendre beaucoup, les seules nouveautés que je connaisse, ce sont les bavardages de bistrot.

Pereira prétend que le père António se leva et se mit face à lui avec une expression qui lui parut menaçante. Écoute, Pereira, dit-il, le moment est grave et chacun doit faire son choix, moi je suis un homme d'Église, je dois obéir à la hiérarchie, mais toi tu es libre de faire ton choix personnel, même si tu es catholique. Alors expliquez-moi tout, implora Pereira, parce que j'aimerais faire mon choix, mais je ne suis pas au courant. Le père António se moucha, croisa ses mains sur la poitrine et demanda : tu connais le problème du clergé basque ? Non, je ne le connais pas, admit Pereira. Tout a commencé avec le clergé basque, dit le père António, après le bombardement de Guernica le clergé basque, qui est considéré comme le plus chrétien d'Espagne, s'est prononcé en faveur de la république. Le père António se moucha comme s'il était ému et continua : au printemps de l'année dernière, deux illustres écrivains français, François Mauriac et Jacques Maritain, ont publié un manifeste en faveur des Basques. Mauriac ! s'exclama Pereira, je le disais bien qu'il fallait préparer une éventuelle nécrologie sur Mauriac, c'est un homme de qualité, mais Monteiro Rossi n'a pas été capable de me la faire. Qui est Monteiro Rossi ? demanda le père António. C'est le stagiaire que j'ai engagé, répondit Pereira, mais il n'est pas capable de me faire une nécrologie sur les écrivains catholiques qui ont pris de bonnes positions politiques. Et pourquoi veux-tu leur faire une nécrologie, demanda le père António, pauvre Mauriac, laisse-le vivre, on a besoin de lui, pourquoi veux-tu le faire mourir ? Oh non, ce n'est bien sûr pas cela que je veux, dit Pereira, j'espère qu'il vivra jusqu'à cent ans, mais supposons que d'un instant à l'autre il vienne à disparaître, il y aurait au moins un journal au Portugal qui lui rendrait hommage à temps, et ce journal serait le *Lisboa*, quoi qu'il en soit excusez-moi, père António, poursuivez. Bien, dit le père António, le problème s'est compliqué avec le Vatican, qui a déclaré que des milliers de religieux espagnols avaient été tués par les républicains, que les catholiques basques étaient des « chrétiens rouges » et qu'ils devaient être excommuniés, ce qui a été fait, et à cela s'est ajouté Claudel, le fameux Paul Claudel, écrivain catholique lui aussi, qui a écrit une ode « Aux Martyrs Espagnols » comme préface en vers au méphitique opuscule de propagande d'un agent nationaliste de Paris. Claudel, dit Pereira, Paul Claudel ? Le père António se moucha une nouvelle fois. Lui en personne, dit-il, alors toi, Pereira, qu'est-ce que tu en conclus ? À brûle-pourpoint, comme ça, je ne saurais pas dire, répondit Pereira, lui aussi est catholique, il a pris une position différente, il a fait son choix. Mais comment ça, à brûle-pourpoint tu ne saurais pas dire, Pereira, s'exclama le père António, ce Claudel est un fils de pute, voilà ce que c'est, et je regrette de dire de tels mots dans un lieu sacré, parce que je voudrais te les dire sur la place publique. Et ensuite ? demanda Pereira. Ensuite, continua le père António, ensuite les hautes hiérarchies du clergé espagnol, avec à leur tête le cardinal Gomá, archevêque de Tolède, ont pris la décision d'envoyer une lettre ouverte aux évêques du monde entier, tu as compris, Pereira, du monde entier, comme si les évêques du monde entier étaient de sales fascistes comme eux, pour dire qu'en Espagne des milliers de chrétiens ont pris les armes sous leur propre responsabilité personnelle afin de sauver les principes de la religion. Oui, dit Pereira, mais les martyrs espagnols, les religieux tués. Le père António resta un instant silencieux, puis il dit : peut-être que ce seront des martyrs, mais de toute façon c'était tous des gens qui complotaient contre la république, d'ailleurs la république était constitutionnelle, elle avait été votée par le peuple, Franco a fait un coup d'État, c'est un bandit. Et Bernanos, demanda Pereira, qu'est-ce qu'il a à voir dans tout cela, Bernanos ? lui aussi est un écrivain catholique. C'est le seul qui connaisse vraiment l'Espagne, dit le père António, il a été en Espagne de trente-quatre à l'année dernière, il a écrit sur les massacres des franquistes, le Vatican ne peut pas le supporter car c'est un véritable témoin. Vous savez, père António, dit Pereira, je songe à publier dans la page culturelle du *Lisboa* un ou deux chapitres du *Journal d'un curé de campagne*, qu'en pensez-vous ? Cela me paraît une idée magnifique, répondit le père António, mais je ne sais pas s'ils te laisseront publier le texte, Bernanos n'est guère aimé dans ce pays, il n'a pas écrit des choses très tendres sur le bataillon Viriato [1], le contingent portugais qui est allé en Espagne combattre pour Franco, et à présent excuse-moi Pereira, mais je dois me rendre à l'hôpital, mes malades m'attendent.

Pereira se leva et prit congé. Au revoir, père António, excusez-moi si je vous ai fait perdre

---

1. Viriato, héros dans la lutte contre l'invasion romaine, est une sorte de Vercingétorix portugais. Son nom fut donné, traditionnellement, à l'équivalent de la légion dans ce pays.

tout ce temps, la prochaine fois je viendrai me confesser. Tu n'en as pas besoin, répliqua le père António, pense d'abord à commettre quelque péché et viens ensuite, mais ne me fais pas perdre mon temps inutilement.

Pereira sortit et grimpa péniblement la Rua da Imprensa Nacional. Quand il arriva devant l'église de San Mamede, il s'assit sur un des bancs de la petite place. Devant l'église, il fit un signe de croix, puis il allongea les jambes et profita un peu de la fraîcheur. Il aurait eu envie de boire une citronnade et il y avait justement un café à côté. Mais il se retint. Il se contenta de se reposer à l'ombre, enleva ses chaussures et se rafraîchit un peu les pieds. Puis il se dirigea à pas lents vers la rédaction en pensant à ses souvenirs. Pereira prétend qu'il pensa à son enfance, une enfance passée à Póvoa do Varzim, avec ses grands-parents, une enfance heureuse, ou qu'il considérait comme heureuse, mais il ne veut pas parler de son enfance, car il prétend que cela n'a rien à voir avec cette histoire ni avec cette journée de la fin du mois d'août où l'été commençait de décliner et où lui se sentait tellement perdu.

Dans les escaliers, il trouva la concierge qui le salua cordialement et lui dit : bonjour doutor Pereira, pas de courrier pour vous ce matin, et pas davantage d'appels téléphoniques. Comment, des appels téléphoniques, demanda Pereira stupéfait, vous êtes entrée dans la rédaction ? Non, dit Céleste d'un air triomphant, mais les employés du téléphone sont venus ce matin accompagnés d'un commissaire, ils ont relié votre téléphone à la loge, ils ont dit que s'il n'y avait personne à la rédaction, il était bon que quelqu'un reçoive les appels téléphoniques, ils disent que je suis une personne fiable. Vous êtes une personne excessivement fiable pour ces gens, aurait voulu répondre Pereira, mais il ne dit rien. Il demanda seulement : et si je dois téléphoner ? Vous devez passer par le central, et à présent votre central c'est moi, c'est à moi que vous devez demander les numéros, oh ! moi je ne voulais pas, doutor Pereira, je travaille toute la matinée et je dois préparer le déjeuner pour quatre personnes, car j'ai quatre bouches à nourrir, et, en dehors des enfants qui se contentent de peu, j'ai un mari très exigeant, quand il revient du commissariat, à deux heures, il a une faim de loup et se montre très exigeant. Ça se sent bien à l'odeur de friture qui flotte dans les escaliers, répondit Pereira, et il ne dit rien d'autre. Il entra dans la rédaction, débrancha le récepteur du téléphone et tira de sa poche la feuille que Marta lui avait remise le soir avant. C'était un article écrit à la main, à l'encre bleu clair, et en haut était inscrite la mention : « Éphémérides ». Le texte disait : « Il y a huit ans, en 1930, mourait à Moscou le grand poète Vladimir Maïakovski. Il se tua d'un coup de pistolet, par déception amoureuse. Il était le fils d'un inspecteur forestier. Après avoir adhéré très jeune au parti bolchevique, il subit trois arrestations et fut torturé par la police tsariste. Grand propagandiste de la Russie révolutionnaire, il fit partie des futuristes russes, et entreprit une tournée dans son pays à bord d'une locomotive, récitant ses vers révolutionnaires pour les villageois. Il suscita l'enthousiasme du peuple. Il fut artiste, dessinateur, poète et homme de théâtre. Son œuvre n'est pas traduite en portugais, mais elle peut être achetée en français à la librairie de la Rua do Ouro de Lisbonne. Il fut l'ami du grand cinéaste Eisenstein, avec lequel il collabora à divers films. Il nous laisse une œuvre immense de prose, de poésie et de théâtre. Nous célébrons ici le grand démocrate et le fervent anti-tsariste. »

Pereira, même s'il ne faisait pas trop chaud, sentit un voile de sueur lui envelopper le cou. Il aurait voulu jeter cet article à la corbeille, parce que c'était trop stupide. Au lieu de cela, il ouvrit le dossier des « Nécrologies », et il le glissa dedans. Puis il mit sa veste et pensa qu'il était l'heure de rentrer chez lui, prétend-il.

XX

Ce samedi-là, la traduction de *La Dernière classe* d'Alphonse Daudet parut dans le *Lisboa*. À la censure, ils avaient laissé passer tranquillement le morceau, et Pereira prétend avoir pensé qu'au fond, il pouvait écrire vive la France, et que le docteur Cardoso avait tort. Cette fois encore Pereira ne signa pas la traduction. Il prétend qu'il s'abstint parce qu'il lui semblait que le directeur d'une page culturelle n'avait pas à signer la traduction d'un récit, cela aurait laissé entendre aux lecteurs qu'en fin de compte c'était lui qui faisait la page culturelle, et cela l'embêtait. Ce fut une question d'orgueil, prétend-il.

Pereira lut le récit avec une grande satisfaction, il était dix heures du matin, c'était dimanche, et il était déjà à la rédaction, car il s'était levé très tôt, il avait commencé de traduire le premier chapitre du *Journal d'un curé de campagne* et il y travaillait à un bon rythme. À cet instant, le téléphone sonna. D'habitude Pereira le débranchait, parce que depuis qu'il était relié à la concierge, il détestait que celle-ci lui passe les communications, mais ce matin-là il avait oublié d'enlever la prise. Allô, doutor Pereira, dit la voix de Céleste, il y a un appel pour vous, on vous cherche de la clinique de thalassoparie de Parede. De thalassothérapie, corrigea Pereira. Oui, enfin quelque chose dans le genre, dit la voix de Céleste, vous voulez la communication ou je dois dire que vous n'êtes pas là? Passez-la-moi, dit Pereira. Il entendit le clic du commutateur et une voix dit : allô, je suis le docteur Cardoso, je voudrais parler au doutor Pereira. C'est moi, répondit Pereira, bonjour docteur Cardoso, cela me fait plaisir de vous entendre. Tout le plaisir est pour moi, dit le docteur Cardoso, comment allez-vous, doutor Pereira, est-ce que vous suivez ma diète? Je fais mon possible, admit Pereira, je fais mon possible, mais ce n'est pas facile. Écoutez, doutor Pereira, je m'apprête à prendre un train pour Lisbonne, j'ai lu hier le récit de Daudet, c'est vraiment magnifique, je voudrais vous en parler, que diriez-vous de nous voir à déjeuner? Vous connaissez le Café Orquídea? demanda Pereira, c'est dans la Rua Alexandre Herculano, après la boucherie juive. Oui, je le connais, dit le docteur Cardoso, à quelle heure, doutor Pereira? À treize heures, dit Pereira, si cela vous convient. Parfait, répondit le docteur Cardoso, à treize heures, au revoir. Pereira était sûr que Céleste avait écouté toute la conversation, mais ça ne l'inquiétait pas autrement, il n'avait rien dit dont il pût avoir peur. Il continua de traduire le premier chapitre du roman de Bernanos et cette fois il débrancha le téléphone, prétend Pereira. Il travailla jusqu'à une heure moins le quart, puis il endossa son veston, mit sa cravate dans la poche et sortit.

Quand il arriva au Café Orquídea, le docteur Cardoso n'était pas encore arrivé. Pereira fit préparer la table proche du ventilateur et s'y installa. Pour l'apéritif, il commanda une citronnade, car il avait soif, mais sans sucre. Quand le garçon arriva avec la citronnade, Pereira lui demanda : quelles nouvelles y a-t-il, Manuel ? Des nouvelles contrastées, répondit le garçon, il semble qu'un certain équilibre règne à présent en Espagne, les nationalistes ont conquis le Nord, mais les républicains sont vainqueurs au centre, il paraît que la quinzième brigade internationale s'est vaillamment comportée à Saragosse, le centre est entre les mains de la république et les Italiens qui appuient Franco sont en train d'agir de manière ignoble. Pereira sourit et demanda : vous, pour qui êtes-vous, Manuel ? Parfois pour l'un, parfois pour l'autre, répondit Manuel, car ils sont les deux très forts, mais cette histoire de nos jeunes du bataillon Viriato partis combattre contre les républicains ne me plaît pas, au fond nous aussi nous sommes une république, nous avons chassé le roi en mil neuf cent dix, je ne vois pas pour quelle raison nous devrions combattre une république. Juste, approuva Pereira.

À cet instant, le docteur Cardoso entra. Pereira l'avait toujours vu en blouse blanche, et à le voir ainsi, vêtu normalement, il lui parut plus jeune, prétend-il. Le docteur Cardoso portait une chemise à rayures et une veste claire, il paraissait un peu agité. Il lui sourit, et Pereira lui renvoya son sourire. Ils se serrèrent la main et le docteur Cardoso s'installa sur un des sièges. Formidable, doutor Pereira, dit le docteur Cardoso, formidable, c'est vraiment un très beau récit, je ne pensais pas que Daudet avait autant de force, je suis venu pour vous féliciter, mais c'est dommage que vous n'ayez pas signé la traduction, j'aurais voulu voir votre nom entre parenthèses à la fin du récit. Pereira lui expliqua avec patience qu'il l'avait fait par humilité, ou plutôt par orgueil, car il ne voulait pas que les lecteurs comprennent que cette page était entièrement faite par lui qui en était le directeur, il voulait donner l'impression que le journal avait d'autres collaborateurs, que c'était un journal comme il faut, en bref : il l'avait fait pour le *Lisboa*.

Ils commandèrent deux salades de poisson. Pereira aurait préféré une omelette aux herbes, mais il n'eut pas le courage de la demander en face du docteur Cardoso. Peut-être votre nouveau moi hégémonique a-t-il gagné quelques points, murmura le docteur Cardoso. En quel sens ? demanda Pereira. Dans le sens que vous avez pu écrire vive la France, dit le docteur Cardoso, même si c'est par personne interposée. Ça a été une satisfaction, admit Pereira, et puis, faisant mine d'être informé, il continua : vous savez que la quinzième brigade internationale a pris le dessus dans le centre de l'Espagne ? il paraît qu'elle s'est comportée de façon héroïque à Saragosse. Ne vous faites pas trop d'illusions, doutor Pereira, répliqua le docteur Cardoso, Mussolini a envoyé une quantité de sous-marins à Franco et les Allemands le soutiennent avec leur aviation, les républicains ne s'en sortiront pas. Mais ils ont les Soviétiques avec eux, objecta Pereira, et les brigades internationales, tous les peuples qui se sont précipités en Espagne pour leur prêter main-forte. Moi, je ne me ferais pas trop d'illusions, répéta le docteur Cardoso, je voulais vous dire que j'ai trouvé une entente avec la clinique de Saint-Malo, je pars dans quinze jours. Ne m'abandonnez pas, docteur Cardoso, aurait voulu dire Pereira, je vous en prie, ne m'abandonnez pas. Et il dit au contraire : ne nous abandonnez pas, docteur Cardoso, n'abandonnez pas les gens d'ici, notre pays a besoin de personnes dans votre genre. La vérité, c'est qu'il n'en a malheureusement pas besoin, ou du moins moi je n'ai pas besoin de lui, je crois qu'il vaut mieux que je m'en aille en France avant le désastre. Le désastre, demanda Pereira, quel désastre ? Je ne sais pas, répondit le docteur Cardoso, je m'attends à un désastre, un désastre général, je ne veux cependant pas vous plonger dans l'angoisse, doutor Pereira, peut-être êtes-vous en train d'élaborer votre nouveau moi hégémonique et vous avez besoin de calme, moi de mon côté je m'en vais, mais je voulais vous demander, comment vont vos jeunes gens ? les jeunes gens que vous avez rencontrés et qui collaborent à votre journal. Il n'y en a qu'un qui collabore avec moi, répondit Pereira, mais il ne m'a pas encore écrit un seul article publiable, figurez-vous qu'hier il m'en a envoyé un sur Maïakovski, célébrant en lui le révolutionnaire bolchevique, je ne sais pas pourquoi je continue de lui donner de l'argent pour des articles impubliables, peut-être parce qu'il a des ennuis, de cela j'en suis sûr, et sa petite amie aussi a des ennuis, et je suis leur seul recours. Vous êtes en train de les aider, dit le docteur Cardoso, je m'en rends compte, mais moins que vous ne voudriez effectivement le faire, peut-être que si votre nouveau moi hégémonique arrive à la surface, vous en ferez davantage, doutor Pereira, excusez-moi d'être franc avec vous. Alors écoutez, docteur Cardoso, dit Pereira, j'ai engagé ce garçon pour faire des nécrologies anticipées et des éphémérides, il ne m'a envoyé que des articles délirants et révolutionnaires, comme s'il ne savait pas dans quel pays nous vivons, je lui ai toujours donné des sous de ma poche, pour ne pas peser sur le journal et parce qu'il valait mieux ne pas impliquer le directeur, je l'ai protégé, j'ai caché son cousin, qui me semble être un pauvre diable et qui combat dans les brigades internationales en Espagne, à présent je continue de lui envoyer de l'argent et il vadrouille dans l'Alentejo, qu'est-ce que je peux faire de plus? Vous pourriez aller le trouver, répondit le docteur Cardoso avec simplicité. Aller le trouver, s'exclama Pereira, le suivre dans l'Alentejo, au fil de ses déplacements clandestins, et d'ailleurs, aller le trouver où, je ne sais même pas où il habite? Sa petite amie le saura certainement, dit le docteur Cardoso, je suis sûr que sa petite amie le sait, mais qu'elle ne le vous dit pas parce qu'elle n'a pas entièrement confiance en vous, doutor Pereira, mais peut-être pourriez-vous gagner sa confiance, vous montrer moins circonspect, vous avez un surmoi très fort, doutor Pereira, et ce surmoi est en train de se battre contre votre nouveau moi hégémonique, vous êtes en conflit avec vous-même dans cette bataille qui agite votre âme, vous devriez abandonner votre surmoi, le laisser s'en aller à son destin comme un détritus. Et qu'est-ce qu'il resterait de moi? demanda Pereira, je suis celui que je suis, avec mes souvenirs, ma vie passée, la mémoire de Coimbra et de ma femme, une vie consacrée à m'occuper des faits divers dans un grand journal, qu'est-ce qu'il resterait de moi? Le travail du deuil, dit le docteur Cardoso, c'est une expression freudienne, excusez-moi, je suis un syncrétiste et j'ai pêché un peu çà et là, mais vous avez besoin d'élaborer un deuil, vous avez besoin de dire adieu à votre vie passée, vous avez besoin de vivre dans le présent, un homme ne peut pas vivre comme vous, doutor Pereira, en pensant seulement au passé. Et ma mémoire, demanda Pereira, et ce que j'ai vécu ? Mais si c'était simplement une mémoire, répondit le docteur Cardoso, elle n'envahirait pas votre présent de façon aussi despotique, vous vivez projeté dans le passé, c'est comme si vous étiez encore à Coimbra trente ans en arrière et que votre femme était encore vivante, si vous continuez ainsi vous deviendrez une sorte de fétichiste des souvenirs, vous vous mettrez peut-être à parler avec la photographie de votre femme. Pereira s'essuya la bouche avec la serviette, baissa la voix et dit : je le fais déjà, docteur Cardoso. Le docteur Cardoso sourit. J'ai vu le portrait de votre femme dans votre chambre à la clinique, dit-il, et j'ai pensé : cet homme parle mentalement avec le portrait de sa femme, il n'a pas encore fait le travail du deuil, voilà exactement ce que j'ai pensé, doutor Pereira. En vérité, ce n'est pas que je lui parle mentalement, ajouta Pereira, je lui parle à haute voix, je lui raconte toutes les choses de ma vie, c'est comme si le portrait me répondait. Ce sont des fantaisies dictées par le surmoi, dit le docteur Cardoso, vous devriez parler de ces choses-là à quelqu'un. Mais je n'ai personne à qui parler, confessa Pereira, je suis seul, j'ai un ami qui est professeur à l'université de Coimbra, je suis allé le trouver aux thermes de Buçaco et je suis parti le jour suivant, parce que je ne le supportais pas, les professeurs universitaires sont tous favorables à la situation politique actuelle et il ne fait pas exception, et puis il y a mon directeur, mais il participe à toutes les manifestations officielles avec le bras tendu comme un javelot, imaginez-vous si je peux lui parler, et puis il y a la concierge de la rédaction, la Céleste, c'est une informatrice de la police, à présent elle me sert aussi de standardiste, et puis il y aurait Monteiro Rossi, mais il est en fuite. C'est ce Monteiro Rossi que vous avez rencontré ? demanda le docteur Cardoso. C'est mon stagiaire, répondit Pereira, le garçon qui m'écrit des articles que je ne peux pas publier. Alors cherchez-le, répliqua le docteur Cardoso, comme je vous l'ai dit auparavant, cherchez-le, doutor Pereira, c'est un jeune, il incarne le futur, vous avez besoin de fréquenter un jeune, même s'il écrit des articles qui ne peuvent pas être publiés dans votre journal, arrêtez de fréquenter le passé, cherchez à fréquenter le futur. Quelle belle expression, dit Pereira, fréquenter le futur, quelle belle expression, cela ne me serait jamais venu à l'esprit. Pereira commanda une citronnade sans sucre et continua : il y aurait aussi vous, docteur Cardoso, avec qui j'aime bien parler et avec qui je parlerais volontiers à l'avenir, mais vous nous abandonnez, vous m'abandonnez, vous m'abandonnez dans cette solitude, alors je n'ai personne d'autre que le portrait de ma femme, comme vous pouvez le comprendre. Le docteur Cardoso but le café que Manuel lui avait apporté. Nous pourrons parler ensemble à Saint-Malo si vous venez me rendre visite, doutor Pereira, dit le docteur Cardoso, il n'est pas dit que ce pays soit fait pour vous, il est d'ailleurs trop plein de souvenirs, cherchez à jeter votre surmoi dans le caniveau, faites place à votre nouveau moi hégémonique, peut-être pourrons-nous nous voir en d'autres circonstances, et vous serez un homme différent.

Le docteur Cardoso insista pour payer le déjeuner et Pereira accepta de bon gré, prétend-il, car avec les deux billets qu'il avait donnés à Marta la veille au soir, son portefeuille était plutôt dégarni. Le docteur Cardoso se leva et le salua. À bientôt, doutor Pereira, dit-il, j'espère vous revoir en France ou dans un autre pays du vaste monde, et croyez-moi, faites place à votre nouveau moi hégémonique, laissez-le exister, il a besoin de naître, il a besoin de s'affirmer.

Pereira se leva et le salua. Il le regarda s'éloigner et ressentit une grande nostalgie, comme si cet adieu était irrémédiable. Il pensa à la semaine qu'il avait passée à la clinique de thalassothérapie de Parede, à ses conversations avec le docteur Cardoso, à sa solitude. Quand le docteur Cardoso sortit par la porte et disparut dans la rue, il se sentit seul, vraiment seul, et il pensa que, quand on est vraiment seul, c'est le moment de se mesurer au propre moi hégémonique qui veut s'imposer à la cohorte des âmes. Mais même en pensant cela, il ne se sentit pas rassuré, il éprouva au contraire une grande nostalgie, de quoi il ne saurait le dire, mais c'était une grande nostalgie d'une vie passée et d'une vie future, prétend-il.

XXI

Le lendemain matin, Pereira fut réveillé par le téléphone, prétend-il. Il était encore dans son rêve, un rêve qu'il lui parut avoir rêvé toute la nuit, un rêve très long et heureux qu'il ne croit pas opportun de révéler, car il n'a rien à voir avec cette histoire.

Pereira reconnut immédiatement la voix de mademoiselle Filipa, la secrétaire du directeur. Bonjour doutor Pereira, dit Filipa avec suavité, je vous passe le directeur. Pereira finit de se réveiller et se mit en position assise sur le bord du lit. Bonjour, doutor Pereira, dit le directeur, c'est votre directeur. Bonjour monsieur le directeur, répondit Pereira, vous avez passé de bonnes vacances? Très bonnes, dit le directeur, très bonnes, les thermes de Buçaco sont vraiment un lieu magnifique, mais je crois vous l'avoir déjà dit, si je ne me trompe pas nous nous sommes déjà appelés. Ah oui, certainement, dit Pereira, nous nous sommes déjà appelés quand le récit de Balzac est sorti, excusez-moi, mais je me réveille maintenant et je n'ai pas les idées claires. Cela m'arrive parfois, de ne pas avoir les idées claires, dit le directeur avec une certaine rudesse, et je crois que cela peut vous arriver aussi à vous, doutor Pereira. Effectivement, répondit Pereira, cela m'arrive surtout le matin, car j'ai des chutes de tension. Stabilisez-la avec un peu de sel, conseilla le directeur, un peu de sel sous la langue et les chutes de tension se stabilisent, mais ce n'est pas pour cela que je vous téléphone, pour parler de votre tension, doutor Pereira, le fait est qu'on ne vous voit jamais à la rédaction centrale, c'est ça le problème, vous restez enfermé dans cette petite chambre de la Rua Rodrigo da Fonseca et vous ne venez jamais me parler, vous ne m'exposez pas vos projets, vous faites tout à votre tête. À vrai dire, monsieur le directeur, dit Pereira, excusez-moi, mais vous m'avez laissé carte blanche, vous avez dit que la page culturelle était sous ma responsabilité, enfin bref, vous m'avez dit de faire à ma tête. À votre tête d'accord, poursuivit le directeur, mais il ne vous semble pas que vous devriez de temps en temps avoir un entretien avec moi ? Ce serait utile aussi pour moi, dit Pereira, car en réalité je suis seul, trop seul à faire la culture, et vous m'avez dit que vous ne vouliez pas vous occuper de culture. Et votre stagiaire, demanda le directeur, vous ne m'aviez pas dit que vous aviez engagé un stagiaire ? Oui, répondit Pereira, mais pour le moment ses articles sont encore immatures, d'ailleurs aucune figure littéraire d'intérêt n'est morte, et puis c'est un jeune homme, il m'a demandé des vacances, il a dû aller à la mer, cela fait presque un mois qu'il ne s'est pas manifesté. Alors licenciez-le, doutor Pereira, dit le directeur, qu'est-ce que vous avez à faire d'un stagiaire qui ne sait pas écrire et qui part en vacances? Laissons-lui encore une possibilité, répliqua Pereira, au fond il doit apprendre le métier, c'est seulement un jeune homme qui manque d'expérience, il doit se faire un peu la main. À cet instant, la douce voix de mademoiselle Filipa intervint dans la conversation. Excusez-moi, monsieur le directeur, dit-elle, il y a un appel pour vous de la part du gouvernement civil, cela me semble urgent. Bien, doutor Pereira, je vous fais rappeler dans une vingtaine de minutes, d'ici là réveillez-vous bien et faites fondre un peu de sel sous la langue. Si vous le voulez, c'est moi qui peux vous rappeler, dit Pereira. Non, dit le directeur, il me faut tout mon temps, je vous rappellerai quand j'aurai fini, au revoir.

Pereira se leva et alla prendre un rapide bain. Il prépara du café et mangea une biscotte salée. Puis il s'habilla et alla dans le vestibule. C'est le directeur qui me téléphone, dit-il au portrait de sa femme, il me semble qu'il tourne autour du pot, sans être encore passé à l'attaque, je ne comprends pas ce qu'il me veut, mais il va bien devoir passer à l'attaque, qu'en dis-tu? Le portrait de sa femme lui sourit de son sourire lointain et Pereira conclut: bon, patience, voyons ce que veut le directeur, il n'a pas de reproches à me faire, en tout cas pour ce qui concerne le journal, je ne fais rien d'autre que traduire des récits du XIXᵉ siècle français.

Il s'assit à la table du salon et eut l'idée d'écrire une éphéméride sur Rilke. Mais tout au fond de lui-même, il n'avait aucune envie d'écrire quoi que ce soit sur Rilke, cet homme si élégant et snob qui avait fréquenté la bonne société pouvait aller au diable, pensa Pereira. Il se mit donc à traduire quelques phrases du roman de Bernanos, c'était plus compliqué qu'il ne l'aurait pensé, du moins au début, et il n'en était qu'au premier chapitre, il n'était pas encore entré dans l'histoire. À cet instant, le téléphone sonna. De nouveau bonjour, doutor Pereira, dit la voix douce de mademoiselle Filipa, je vous passe monsieur le directeur. Pereira attendit quelques secondes, puis la voix du directeur, grave et posée, dit : bien, doutor Pereira, nous disions ? Vous me disiez que je restais enfermé dans ma rédaction de la Rua Rodrigo da Fonseca, monsieur le directeur, dit Pereira, mais c'est la pièce dans laquelle je travaille, où je fais la culture, au journal je ne saurais pas quoi faire, je ne connais pas les journalistes, je me suis très longtemps occupé des faits divers dans un autre journal, mais vous n'avez pas voulu m'en confier la responsabilité, vous avez voulu me confier la culture, et je n'ai pas de contact avec les journalistes politiques, je ne sais pas ce que je pourrais venir faire au journal. Vous avez dit ce que vous aviez sur le cœur, doutor Pereira? demanda le directeur. Excusez-moi, monsieur le directeur, dit Pereira, je ne voulais pas me soulager le cœur, je voulais seulement vous exposer mes raisons. Bien, dit le directeur, à présent j'aimerais simplement vous poser une question, pourquoi n'éprouvez-vous jamais le besoin de venir parler à votre directeur? Parce que vous m'avez dit que la culture n'était pas votre affaire, monsieur le directeur, répondit Pereira. Écoutez, doutor Pereira, dit le directeur, je ne sais pas si vous êtes dur d'oreille ou si vraiment vous ne voulez pas comprendre, toujours est-il que je vous convoque, vous comprenez? ce serait à vous de me demander de temps en temps un entretien, mais au point où nous en sommes arrivés, et vu que vous avez la comprenette un peu dure, c'est moi qui vous demande un entretien. Je suis à votre disposition, dit Pereira, à votre entière disposition. Bien, conclut le directeur, alors venez au journal à dix-sept heures, et maintenant au revoir et bonne journée, doutor Pereira.

Pereira se rendit compte qu'il était en légère transpiration. Il changea sa chemise, qui était mouillée sous les aisselles, et pensa aller à la rédaction et y attendre cinq heures de l'après-midi. Puis il se dit qu'à la rédaction, il n'aurait rien à faire, qu'il verrait forcément Céleste et devrait donc débrancher le téléphone, il valait mieux rester chez lui. Il retourna à la table de la salle à manger et se mit à traduire Bernanos. Il s'agissait en fait d'un roman compliqué, et lent, qui sait ce que penseraient les lecteurs du *Lisboa* en lisant le premier chapitre. Il alla malgré tout de l'avant et en traduisit deux pages. À l'heure du déjeuner, il voulut se préparer quelque chose, mais son garde-manger était dégarni. Pereira prétend avoir eu l'idée qu'il pourrait manger un morceau au Café Orquídea, même sur le tard, puis aller au journal. Il mit un habit clair et sa cravate noire, et sortit. Il prit le tram jusqu'au Terreiro do Paço, et, là, il changea pour la Rua Alexandre Herculano. Quand il entra dans le Café Orquídea, il était près de trois heures et le garçon était en train de débarrasser les tables. Venez, doutor Pereira, dit cordialement Manuel, pour vous il y a toujours quelque chose à manger, j'imagine que vous n'avez pas encore déjeuné, c'est dur la vie de journaliste. Eh oui, répondit Pereira, surtout pour les journalistes qui ne sont au courant de rien comme on n'est au courant de rien dans ce pays, quelles nouvelles aujourd'hui ? Il paraît que des navires anglais ont été bombardés au large de Barcelone, répondit Manuel, et qu'un bateau transportant des passagers français a été suivi jusqu'aux Dardanelles, ce sont des sous-marins italiens, les Italiens sont très forts avec les sous-marins, c'est leur spécialité. Pereira commanda une citronnade sans sucre et une omelette aux herbes. Il s'assit à côté du ventilateur, mais ce jour-là le ventilateur était arrêté. Nous l'avons éteint, dit Manuel, dorénavant l'été est fini, vous avez entendu l'orage cette nuit ? Non, je ne l'ai pas entendu, répondit Pereira, j'ai dormi d'une traite, mais pour moi il fait encore chaud. Manuel lui enclencha le ventilateur et lui apporta une citronnade. Et un peu de vin, doutor Pereira, quand est-ce que vous me donnerez la satisfaction de vous servir un peu de vin ? Le vin est mauvais pour mon cœur, répondit Pereira, vous avez un journal de ce matin ? Manuel lui apporta un journal. Le gros titre était : *Sculptures de sable sur la plage de Carcavelos. Le Ministre du Secrétariat National de Propagande inaugure l'exposition des petits artistes.* Il y avait une grande photo occupant la moitié de la page qui montrait les œuvres des jeunes artistes de plage : des sirènes, des barques, des vaisseaux et des baleines. Pereira tourna la page. À l'intérieur, on pouvait lire : *Vaillante résistance du contingent portugais en Espagne.* Le chapeau disait : « Nos soldats se distinguent dans une autre bataille avec l'aide à distance des submersibles italiens. » Pereira n'eut pas envie de lire l'article et posa le journal sur une chaise. Il finit de manger son omelette et prit une autre citronnade sans sucre. Puis il paya l'addition, se leva, endossa le veston qu'il avait retiré et se dirigea à pied vers la rédaction centrale du *Lisboa*. Il y arriva à cinq heures moins le quart. Pereira entra dans un café, prétend-il, et commanda une eau-de-vie. Il savait que c'était mauvais pour son cœur, mais il pensa : tant pis. Puis il monta les escaliers du vieil immeuble qui abritait le *Lisboa* et salua mademoiselle Filipa. Je vais vous annoncer, dit mademoiselle Filipa. Ce n'est pas la peine, répondit Pereira, je m'annoncerai moi-même, il est cinq heures précises et monsieur le directeur m'a donné rendez-vous à cinq heures. Il frappa à la porte et entendit la voix du directeur qui disait entrez. Pereira boutonna sa veste et entra. Le directeur était bronzé, très bronzé, il avait de toute évidence pris le soleil dans le parc des thermes. Me voici, monsieur le directeur, dit Pereira, je suis à votre disposition, dites-moi tout. Tout c'est peu dire, Pereira, dit le directeur, cela fait plus d'un mois que nous ne nous sommes pas vus. Nous nous sommes vus aux thermes, dit Pereira, et vous aviez l'air satisfait. Les vacances sont les vacances, coupa court le directeur, ne parlons pas des vacances. Pereira s'installa sur la chaise devant le bureau. Le directeur prit un crayon et commença de le faire tourner sur la table. Doutor Pereira, dit-il, j'aimerais vous tutoyer, si vous le permettez. À votre aise, répondit Pereira. Écoute Pereira, nous nous connaissons depuis peu de temps, depuis que ce journal a été fondé, mais je sais que tu es un bon journaliste, tu as travaillé près de trente ans aux faits divers, tu connais les choses de la vie et je suis certain que tu peux me comprendre. Je ferai mon possible, dit Pereira. Eh bien, dit le directeur, je ne m'attendais pas à ce dernier coup. Quel coup ? demanda Pereira. Le panégyrique de la France, dit le directeur, a suscité beaucoup de mécontentement dans les milieux qui comptent. Quel panégyrique de la France ? demanda Pereira d'un air étonné. Pereira ! s'exclama le directeur, tu as publié un récit d'Alphonse Daudet qui parle de la guerre avec les Allemands et qui finit par cette phrase : vive la France. C'est un récit du XIXe siècle, répondit Pereira. Oui, un récit du dix-neuvième siècle, poursuivit le directeur, mais qui parle d'une guerre contre l'Allemagne et tu ne peux pas ne pas savoir, Pereira, que l'Allemagne est notre alliée. Notre gouvernement n'a pas fait d'alliance, objecta Pereira, en tout cas pas officiellement. Arrête, Pereira, dit le directeur, essaie de raisonner, s'il n'y a pas d'alliance il y a du moins des sympathies, de fortes sympathies, nous pensons comme les Allemands, en politique intérieure et en politique extérieure, et nous aidons les nationalistes espagnols comme le fait l'Allemagne. Mais à la censure ils n'ont pas fait d'objection, se défendit Pereira, ils ont tranquillement laissé passer le récit. À la censure ce sont des ignares, dit le directeur, des analphabètes, le directeur de la censure est un homme intelligent, c'est mon ami, mais il ne peut pas lire en personne les épreuves de tous les journaux portugais, les autres sont des fonctionnaires, de pauvres policiers payés pour ne pas laisser passer des mots subversifs comme socialisme et communisme, ils ne pouvaient pas comprendre un récit de Daudet qui finit par vive la France, c'est nous qui devons être vigilants, qui devons être prudents, c'est nous journalistes qui avons l'expérience historique et culturelle, et nous devons nous surveiller nous-mêmes. C'est moi qui suis surveillé, prétend avoir dit Pereira, oui, en réalité il y a quelqu'un qui me surveille. Explique-toi mieux, Pereira, dit le directeur, qu'est-ce que tu veux dire par là ? Je veux dire que j'ai un central à la rédaction, je ne reçois plus les appels directement, ils passent tous à travers Céleste, la concierge de l'immeuble. On fait ainsi dans toutes les rédactions, répliqua le directeur, si tu es absent quelqu'un reçoit les appels et répond à ta place. Oui, dit Pereira, mais la concierge est une informatrice de la police, j'en suis sûr. Arrête, Pereira, dit le directeur, la police nous protège, elle veille sur notre sommeil, tu devrais lui en être reconnaissant. Moi je ne suis reconnaissant à personne, monsieur le directeur, répondit Pereira, je ne suis reconnaissant qu'à mon professionnalisme et au souvenir de ma femme. Il faut toujours être reconnaissant aux bons souvenirs, approuva le directeur, mais toi, Pereira, quand tu publies la page culturelle, tu dois me la faire voir avant, voilà ce que j'exige. Mais je vous l'avais dit qu'il s'agissait d'un récit patriotique, insista Pereira, et vous m'avez conforté en m'assurant qu'en ce moment, on avait besoin de patriotisme. Le directeur alluma une cigarette et se gratta la tête. De patriotisme portugais, dit-il, je ne sais pas si tu me suis, Pereira, de patriotisme portugais, toi, tu ne fais rien d'autre que publier des récits français, et les Français ne nous sont pas sympathiques, je ne sais pas si tu me suis, quoi qu'il en soit écoute, nos lecteurs ont besoin d'une bonne page culturelle portugaise, tu as le choix entre une dizaine d'écrivains, au Portugal, y compris ceux du dix-neuvième siècle, la prochaine fois tu prendras un récit de Eça da Queiroz, qui connaissait très bien le Portugal, ou un de Camilo Castelo Branco, qui a chanté la passion et qui a eu une belle vie mouvementée, faite d'amours et de prison, le *Lisboa* n'est pas un journal xénophile, et tu as besoin de retrouver tes racines, de retourner à ta terre, comme dirait le critique Borrapotas. Je ne sais pas qui c'est, répondit Pereira. C'est un critique nationaliste, expliqua le directeur, il écrit dans un journal qui nous fait concurrence, il prétend que les écrivains portugais doivent retourner à leur terre. Moi, je n'ai jamais abandonné ma terre, dit Pereira, je suis planté dans la terre comme une souche. D'accord, concéda le directeur, mais tu dois me consulter chaque fois que tu as à prendre une initiative, je ne sais pas si tu m'as compris. J'ai parfaitement compris, dit Pereira, et il déboutonna le premier bouton de son veston. Bien, conclut le directeur, je crois que notre entretien est terminé, j'aimerais bien instaurer un bon rapport entre nous. Certainement, dit Pereira, et il prit congé.

Quand il sortit, il y avait un fort vent qui pliait la cime des arbres. Pereira s'en alla à pied, puis il s'arrêta pour voir si un taxi passait. Tant qu'à faire, il pensa un instant aller dîner au Café

Orquídea, puis il changea d'avis et en arriva à la conclusion qu'il valait mieux rentrer et prendre un café au lait chez lui. Mais malheureusement aucun taxi ne passait, et il dut attendre une bonne demi-heure, prétend-il.

XXII

Le jour suivant, Pereira resta chez lui, prétend-il. Il se leva tard, prit son petit déjeuner et mit le livre de Bernanos de côté, parce que de toute façon il ne sortirait pas dans le *Lisboa*. Il fouilla dans sa bibliothèque et trouva les œuvres complètes de Camilo Castelo Branco. Il choisit une nouvelle au hasard et commença de lire la première page. Il la trouva accablante, cela n'avait pas la légèreté et l'ironie des Français, c'était une histoire sombre, nostalgique, pleine de problèmes et lourde de tragédies. Pereira se fatigua vite. Il aurait eu envie de parler au portrait de sa femme, mais il renvoya la conversation à plus tard. Alors il se fit une omelette sans herbes aromatiques, la mangea tout entière et alla se coucher, il s'endormit aussitôt et fit un beau rêve. Puis il se leva et s'assit dans un fauteuil à regarder à travers les fenêtres. Des fenêtres de son appartement, on voyait les palmiers de la caserne d'en face, et, de temps en temps, on entendait le son d'une trompette.

Pereira ne savait pas distinguer les coups de trompette, car il n'avait pas fait son service militaire, et ces messages lui demeuraient incompréhensibles. Il se mit à fixer les branches des palmiers qui s'agitaient au vent et il pensa à son enfance. Il passa ainsi une bonne partie de l'après-midi, songeant à son enfance, mais c'est une chose dont Pereira ne veut pas parler, car cela n'a rien à voir avec cette histoire, prétend-il.

Vers quatre heures de l'après-midi, il entendit sonner à la porte. Pereira se secoua de sa torpeur, mais il ne bougea pas. Il trouva étrange que quelqu'un sonnât à la porte, il pensa que c'était peut-être Piedade qui rentrait de Setúbal, sans doute avait-on opéré sa sœur plus tôt que prévu. La sonnette retentit de nouveau, avec insistance, deux fois, deux longs coups de sonnette. Pereira se leva et actionna le tirant qui ouvrait la porte d'entrée de l'immeuble. Il demeura dans la cage d'escalier, entendit la porte qui se refermait petit à petit et des pas qui montaient rapidement. Quand la personne qui était entrée arriva sur le palier, il ne fut pas en mesure de la distinguer, parce que les escaliers étaient très sombres et parce qu'il n'y voyait plus très bien.

Bonjour, doutor Pereira, dit une voix que Pereira reconnut, c'est moi, je peux entrer ? C'était Monteiro Rossi, Pereira le fit entrer et referma aussitôt la porte. Monteiro Rossi s'arrêta dans le vestibule, il avait une petite serviette dans la main et portait une chemise à manches courtes. Excusez-moi, doutor Pereira, dit Monteiro Rossi, ensuite je vous expliquerai tout, mais est-ce qu'il y a quelqu'un dans l'immeuble ? La concierge est à Setúbal, dit Pereira, les locataires de l'étage du dessus ont quitté leur appartement, ils ont déménagé à Porto. Vous croyez que quelqu'un m'a vu ? demanda fébrilement Monteiro Rossi. Il transpirait et bégayait légèrement. Je crois que non, dit Pereira, mais qu'est-ce que vous faites ici, d'où arrivez-vous ? Ensuite je vous expliquerai tout, doutor Pereira, dit Monteiro Rossi, mais pour le moment j'ai besoin de prendre une douche et de changer de chemise, je suis épuisé. Pereira l'accompagna à la salle de bains et lui donna une chemise propre, sa chemise couleur kaki. Elle vous sera un peu large, dit-il, mais tant pis. Pendant que Monteiro Rossi prenait son bain, Pereira se rendit dans le vestibule devant le portrait de sa femme. Il aurait voulu lui dire tant de choses, prétend-il, que Monteiro Rossi avait débarqué à la maison, par exemple, et d'autres événements encore. Au lieu de cela, il ne dit rien, il renvoya la conversation à plus tard et retourna au salon. Monteiro Rossi arriva, nageant dans la chemise très large de Pereira. Merci, doutor Pereira, dit-il, je suis épuisé, j'aimerais vous raconter plein de choses, mais je suis vraiment épuisé, peut-être devrais-je faire une petite sieste. Pereira le conduisit dans la chambre à coucher et il étendit une couverture de coton sur les draps. Allongez-vous là, lui dit-il, et enlevez vos chaussures, ne les gardez pas aux pieds pour dormir, car le corps ne se repose pas, et soyez tranquille, je vous réveillerai plus tard. Monteiro Rossi se coucha, Pereira ferma la porte et retourna au salon. Il mit de côté les nouvelles de Camilo Castelo Branco, prit de nouveau Bernanos et se mit à traduire le reste du chapitre. S'il ne pouvait pas le publier dans le *Lisboa*, tant pis, pensa-t-il, peut-être pourrait-il le publier en volume, les Portugais auraient au moins un bon livre à lire, un livre sérieux, éthique, qui traitait de problèmes fondamentaux, un livre qui ferait du bien à la conscience des lecteurs, pensa Pereira.

À huit heures, Monteiro Rossi dormait encore. Pereira se rendit dans la cuisine, battit quatre œufs, y mit une cuillerée de moutarde de Dijon et une pincée d'origan et de marjolaine. Il voulait préparer une bonne omelette aux herbes, Monteiro Rossi avait sans doute une faim de loup, pensa-t-il. Il mit la table pour deux dans le salon, étendit une nappe blanche, sortit les assiettes de Caldas da Rainha que Silva lui avait offertes pour son mariage, et installa deux bougies sur leur bougeoir. Puis il alla réveiller Monteiro Rossi, mais il entra doucement dans la chambre, parce que au fond ça l'embêtait de le réveiller. Le jeune homme était renversé sur le lit et dormait, un bras dans le vide. Pereira l'appela, mais Monteiro Rossi ne se réveilla pas. Alors Pereira lui secoua le bras et lui dit : Monteiro Rossi, c'est l'heure du dîner, si vous continuez de dormir, vous n'aurez plus sommeil pour cette nuit, il serait préférable que vous veniez manger un morceau. Monteiro Rossi se précipita hors du lit d'un air terrorisé. Restez tranquille, dit Pereira, je suis le doutor Pereira, ici vous êtes en sécurité. Ils allèrent au salon et Pereira alluma les bougies. Tandis que l'omelette cuisait, il offrit à Monteiro Rossi un pâté en boîte qui était resté dans le garde-manger, et depuis la cuisine il demanda : que vous est-il arrivé, Monteiro Rossi ? Merci, répondit Monteiro Rossi, merci de l'hospitalité, doutor Pereira, et merci aussi de l'argent que vous m'avez envoyé, Marta me l'a fait parvenir. Pereira posa l'omelette sur la table et mit sa serviette autour du cou. Alors, Monteiro Rossi, demanda-t-il, qu'est-ce qui se passe ? Monteiro Rossi se précipita sur le plat comme s'il n'avait pas mangé depuis une semaine. Doucement, vous allez vous étrangler, dit Pereira, mangez calmement, ensuite il y a aussi du fromage, et maintenant racontez-moi. Monteiro Rossi avala un morceau et dit : mon cousin a été arrêté. Où ça, demanda Pereira, à la pension que je lui avais trouvée ? Mais non, répondit Monteiro Rossi, il a été arrêté dans l'Alentejo tandis qu'il cherchait à recruter des autochtones, moi j'ai pu fuir par miracle. Et à présent ? demanda Pereira. À présent je suis traqué, doutor Pereira, je crois qu'ils me recherchent à travers tout le Portugal, j'ai pris un autobus hier soir, je suis arrivé jusqu'à Barreiro, puis j'ai pris un bac, et je suis venu à pied du Quai de Sodré jusqu'ici, parce que je n'avais plus de sous pour le transport. Quelqu'un sait-il que vous êtes ici ? demanda Pereira. Personne, répondit Monteiro Rossi, pas même Marta, et précisément je voudrais entrer en contact avec elle, je voudrais au moins dire à Marta que je suis en sécurité, car elle ne me laissera pas tomber, n'est-ce pas doutor Pereira ? Vous pouvez rester ici tout le temps que vous voudrez, répondit Pereira, du moins jusqu'à la mi-septembre, lorsque la Piedade rentrera, la concierge de l'immeuble qui est aussi ma femme de ménage, Piedade est une femme de confiance, mais c'est une concierge et les concierges parlent avec les autres concierges, votre présence ne passerait pas inaperçue. Eh, dit Monteiro Rossi, d'ici au quinze septembre je trouverai un autre arrangement, peut-être en parlerai-je à Marta. Écoutez, Monteiro Rossi, dit Pereira, oubliez Marta pour le moment, tant que vous serez chez moi, vous ne communiquerez avec personne, restez plutôt tranquille et reposez-vous. Et vous, que faites-vous, doutor Pereira, demanda Monteiro Rossi, vous vous occupez encore des nécrologies et des éphémérides ? En partie, répondit Pereira, mais les articles que vous m'avez écrits sont tous impubliables, je les ai mis dans un dossier à la rédaction, je ne sais pas pourquoi je ne les jette pas. Il est temps que je vous avoue une chose, murmura Monteiro Rossi, excusez-moi si je vous le dis si tard, mais ces articles ne sont pas tous de mon cru. Ce qui veut dire ? demanda Pereira. Eh bien, doutor Pereira, la vérité est que Marta m'a donné un gros coup de main, c'est elle qui les a faits en partie, les idées fondamentales sont les siennes. Cela me semble une chose très incorrecte, répliqua Pereira. Oh, répondit Monteiro Rossi, je ne sais pas jusqu'à quel point ça l'est, mais vous, doutor Pereira, vous savez ce que crient les nationalistes espagnols ? ils crient *viva la muerte*, or moi je ne sais pas écrire sur la mort, moi j'aime la vie, doutor Pereira, et je n'aurais jamais été capable de faire des nécrologies tout seul, de parler de la mort, vraiment, je n'aurais pas été capable d'en parler. Au fond je vous comprends, prétend avoir dit Pereira, moi non plus je ne peux plus.

La nuit était tombée et les bougies diffusaient une lumière ténue. Je ne sais pas pourquoi je fais tout ça pour vous, Monteiro Rossi, dit Pereira. Peut-être parce que vous êtes quelqu'un de bien, répondit Monteiro Rossi. C'est trop simple, répliqua Pereira, le monde est plein de gens bien qui ne cherchent pas les ennuis. Alors je ne sais pas, dit Monteiro Rossi, je ne sais vraiment pas. Le problème est que, moi non plus, je ne le sais pas, dit Pereira, jusqu'à ces derniers jours je me posais beaucoup de questions, mais peut-être vaut-il mieux que j'arrête de me les poser. Il apporta des cerises à l'eau-de-vie, et Monteiro Rossi s'en remplit un verre entier. Pereira ne prit qu'une cerise avec un peu de jus, car il craignait d'interrompre son régime.

Racontez-moi comment ça s'est passé, demanda Pereira, qu'est-ce que vous avez fait jusqu'à présent dans l'Alentejo? Nous avons remonté toute la région, répondit Monteiro Rossi, en nous arrêtant dans des lieux sûrs, les lieux où il y a le plus de ferment. Excusez-moi, interrompit Pereira, mais votre cousin ne me semble pas la personne la plus adaptée, je ne l'ai vu qu'une fois, mais il m'a semblé un peu naïf, je dirais un peu stupide, et il ne parle même pas le portugais. Oui, dit Monteiro Rossi, mais dans le civil il est typographe, il sait faire des papiers, il n'y a pas meilleur que lui pour falsifier un passeport. Alors il aurait pu mieux falsifier le sien, dit Pereira, il avait un passeport argentin et on voyait à un kilomètre de distance que c'était un faux. Celui-là, ce n'est pas lui qui l'avait fait, objecta Monteiro Rossi, ils le lui avaient donné en Espagne. En conclusion? demanda Pereira. Eh bien, répondit Monteiro Rossi, à Portalegre nous avons trouvé une imprimerie fiable, et mon cousin s'est mis à l'ouvrage, nous avons accompli un excellent travail, mon cousin a confectionné un grand nombre de passeports, nous en avons distribué une bonne partie, j'ai gardé les autres parce que nous n'avons pas fini à temps. Monteiro Rossi prit le sac qu'il avait laissé sur le fauteuil et y glissa la main. Voilà ce qui me reste, dit-il. Il posa un paquet de passeports sur la table, il devait y en avoir une vingtaine. Vous êtes fou, mon cher Monteiro Rossi, vous vous promenez avec ça comme si c'était des caramels, s'ils vous trouvent avec ces documents, vous ne vous en tirerez pas.

Pereira prit les passeports et dit : c'est moi qui vais les cacher. Il pensa les mettre dans un tiroir, mais cela lui parut un endroit peu sûr. Alors il alla dans le vestibule et les disposa à plat dans la bibliothèque, juste derrière le portrait de sa femme. Excuse-moi, dit-il au portrait, mais personne ne viendra regarder ici, c'est l'endroit le plus sûr de toute la maison. Puis il retourna au salon et dit : il se fait tard, peut-être vaudrait-il mieux aller au lit. Je dois joindre Marta, dit Monteiro Rossi, elle est probablement très inquiète, elle ne sait pas ce qui s'est passé, peut-être pense-t-elle qu'ils m'ont arrêté moi aussi. Écoutez, Monteiro Rossi, demain je téléphonerai moi-même à Marta, mais depuis un téléphone public, pour ce soir il vaut mieux que vous restiez tranquille et que vous alliez au lit, écrivez-moi le numéro de téléphone sur ce bout de papier. Je vous laisse deux numéros, dit Monteiro Rossi, si elle ne répond pas à l'un elle répondra sûrement à l'autre, et si elle ne répond pas personnellement, demandez Lise Delaunay, c'est ainsi qu'elle s'appelle à présent. Je sais, admit Pereira, je l'ai rencontrée dernièrement, cette fille est devenue maigre comme un clou, on ne la reconnaît pas, une telle vie ne lui fait pas de bien, Monteiro Rossi, elle se ruine la santé, et maintenant bonne nuit.

Pereira éteignit les bougies et se demanda pourquoi il s'était fourré dans toute cette histoire, pourquoi loger Monteiro Rossi, pourquoi téléphoner à Marta et laisser des messages chiffrés, pourquoi entrer dans des choses qui ne le regardaient pas ? Peut-être parce que Marta était devenue si maigre qu'on lui voyait les deux omoplates en saillie comme deux ailes de poulet ? Peut-être parce que Monteiro Rossi n'avait ni père ni mère qui pussent lui donner refuge ? Peut-être parce qu'il avait été à Parede et que le docteur Cardoso lui avait exposé sa théorie sur la confédération des âmes ? Pereira ne le savait pas, et aujourd'hui encore il ne saurait répondre. Il préféra aller au lit, car il voulait se lever tôt le lendemain et bien organiser sa journée, mais avant d'aller se coucher, il se rendit un instant dans le vestibule pour jeter un coup d'œil sur le portrait de sa femme. Et il ne lui parla pas, Pereira, il lui fit simplement un geste affectueux de la main en guise d'au revoir, prétend-il.

XXIII

Ce matin de la fin août, Pereira se réveilla à huit heures, prétend-il. Il s'était réveillé plusieurs fois pendant la nuit et avait entendu la pluie qui tombait à verse sur les palmiers de la caserne d'en face. Il ne se souvient pas avoir rêvé, il avait certes dormi d'un sommeil intermittent qui se croisait avec un rêve dispersé, mais dont il ne se souvenait pas. Monteiro Rossi dormait sur le divan du salon, il avait enfilé un pyjama qui lui servait pratiquement de drap, tant il lui était trop grand. Il dormait tout replié sur lui-même, comme s'il avait eu froid, et Pereira le couvrit d'un plaid, délicatement, pour ne pas le réveiller. Il se déplaça avec précaution à travers l'appartement, pour ne pas faire de bruit, se prépara un café et alla faire des courses au magasin du coin. Il acheta quatre boîtes de sardines, une douzaine d'œufs, des tomates, un melon, du pain, huit croquettes de morue déjà préparées, qu'il n'y avait plus qu'à réchauffer au four. Puis il vit un petit jambon fumé qui pendait à un crochet, saupoudré de paprika, et Pereira l'acheta. Vous avez décidé de remplir le garde-manger, doutor Pereira, commenta l'épicier. Eh bien oui, répondit Pereira, ma femme de ménage ne rentre pas avant la mi-septembre, elle est chez sa sœur à Setúbal, et il faut que je m'arrange, je ne peux pas faire les courses tous les matins. Si vous voulez une brave personne qui vienne vous faire un peu le ménage, je peux vous indiquer quelqu'un, dit l'épicier, elle habite un peu plus haut, vers la Graça, elle a un petit enfant et le mari l'a abandonnée, c'est une personne de confiance. Non, merci, répondit Pereira, merci monsieur Francisco, mais il vaut mieux pas, je ne sais pas comment la Piedade le prendrait, il y a beaucoup de jalousie entre les femmes de ménage et elle pourrait se sentir dépossédée, éventuellement pour l'hiver, cela pourrait être une idée, mais pour l'instant, c'est mieux d'attendre le retour de la Piedade.

Pereira rentra chez lui et rangea les achats dans la glacière. Monteiro Rossi dormait. Pereira lui laissa un billet. «Il y a des œufs au jambon ou des croquettes de morue, à réchauffer dans la casserole avec un peu d'huile, sans quoi cela devient une purée, faites un bon repas et restez tranquille, je rentre en fin d'après-midi, je parlerai à Marta, à bientôt, Pereira.»

Il sortit de chez lui et se rendit à la rédaction. Quand il arriva, il trouva Céleste dans sa loge, tout occupée à consulter le calendrier. Bonjour Céleste, fit Pereira, quelles nouvelles? Aucun appel téléphonique et pas de courrier, répondit Céleste. Pereira se sentit soulagé, il était préférable que personne ne l'ait cherché. Il monta à la rédaction et débrancha le téléphone, puis il prit le récit de Camilo Castelo Branco et le prépara pour l'imprimerie. Vers dix heures, il appela au journal et c'est la voix suave de mademoiselle Filipa qui lui répondit. Je suis le doutor Pereira, dit Pereira, je voudrais parler au directeur. Filipa passa la communication et la voix du directeur dit : allô. Je suis le doutor Pereira, dit Pereira, je voulais simplement donner signe de vie, monsieur le directeur. Et vous faites bien, dit le directeur, parce que je vous ai cherché hier, mais vous n'étiez pas à la rédaction. Je ne me sentais pas très bien, hier, mentit Pereira, je suis resté chez moi, car j'ai des problèmes avec le cœur. Je comprends, doutor Pereira, dit le directeur, mais j'aimerais connaître vos intentions pour les prochaines pages culturelles. Je vais publier un récit de Camilo Castelo Branco, répondit Pereira, comme vous me l'avez conseillé, monsieur le directeur, je pense qu'un auteur portugais du XIXe siècle ira bien, qu'en dites-vous ? C'est parfait, répondit le directeur, mais j'aimerais que vous continuiez aussi la rubrique des éphémérides. J'avais pensé à Rilke, répondit Pereira, mais ensuite je ne l'ai pas fait, je voulais votre approbation. Rilke, dit le directeur, c'est un nom qui me dit quelque chose. Rainer Maria Rilke, expliqua Pereira, est né en Tchécoslovaquie, mais dans les faits, c'est un poète autrichien, il a écrit en allemand, il est mort en vingt-six. Écoutez, Pereira, dit le directeur, le *Lisboa* est en train de devenir, comme je vous l'ai dit, un journal xénophile, pourquoi ne faites-vous pas un hommage à un poète de la patrie, pourquoi est-ce que vous ne faites pas notre grand Camões ? Camões ? répondit Pereira, mais Camões est mort en mil cinq cent quatre-vingts, il y a presque quatre cents ans. Oui, dit le directeur, mais c'est notre grand poète national, il est toujours très actuel, et puis vous savez ce qu'a fait António Ferro, le directeur du Secrétariat National de Propagande, enfin le ministre de la Culture, il a eu la brillante idée de faire coïncider le jour de Camões et le jour de la Race, ce jour-là on célébrera le grand poète de l'épopée et la race portugaise et, vous, vous pourriez nous faire une éphéméride. Mais le jour de Camões est le dix juin, monsieur le directeur, objecta Pereira, quel sens cela a-t-il de célébrer le jour de Camões à la fin août ? D'abord, le dix juin nous n'avions pas encore de page culturelle, expliqua le directeur, ça vous pouvez le déclarer dans l'article, vous pouvez toujours célébrer Camões, qui est notre grand poète national, et faire référence au jour de la Race, il suffit d'une allusion pour que les lecteurs comprennent. Excusez-moi, monsieur le directeur, répondit Pereira avec componction, mais bon, je voulais vous dire une chose, à l'origine nous étions lusitaniens, puis nous avons eu les Romains et les Celtes, puis nous avons eu les Arabes, alors quelle race pouvons-nous célébrer, nous Portugais ? La race portugaise, répondit le directeur, excusez-moi Pereira, mais votre objection ne me plaît pas beaucoup, nous sommes portugais, nous avons découvert le monde, nous avons accompli les principales navigations du globe, et quand nous l'avons fait, au seizième siècle, nous étions déjà portugais, voilà ce que nous sommes et voilà ce que vous devez célébrer, Pereira. Puis le directeur fit une pause et poursuivit : Pereira, la dernière fois je te tutoyais, je ne sais pas pourquoi je continue encore à te vouvoyer. À votre gré, monsieur le directeur, répondit Pereira, peut-être est-ce le téléphone qui en est la cause. Possible, dit le directeur, quoi qu'il en soit écoute-moi bien, Pereira, je veux que le *Lisboa* soit un journal très portugais, y compris dans sa page culturelle, et si tu ne veux pas faire une éphéméride sur le jour de la Race, fais-en au moins une sur Camões, ce sera déjà quelque chose.

Pereira salua le directeur et raccrocha. António Ferro, pensa-t-il, le terrible António Ferro, le pire est qu'il s'agissait d'un homme intelligent et malin, dire qu'il avait été l'ami de Fernando Pessoa, bon, conclut-il, mais ce Pessoa, aussi, il se choisissait de ces amis. Il essaya d'écrire un hommage à Camões, et il resta dessus jusqu'à midi et demie. Puis il jeta tout à la corbeille. Au diable Camões, pensa-t-il, ce grand poète qui avait chanté l'héroïsme des Portugais, mais quel héroïsme, se dit-il. Il enfila sa veste et sortit pour aller au Café Orquídea. Il entra et s'installa à la table habituelle. Manuel vint promptement et Pereira commanda une salade de poisson. Il mangea calmement, très calmement, puis il alla vers le téléphone. Il tenait dans la main le petit billet avec les numéros que lui avait donnés Monteiro Rossi. Le premier numéro sonna longtemps, mais personne ne répondit. Pereira le refit, au cas où il se serait trompé. Le numéro sonna longuement, mais personne ne répondit. Il fit alors l'autre numéro. C'est une voix féminine qui répondit. Allô, dit Pereira, je voudrais parler à mademoiselle Delaunay. Je ne la connais pas, répondit prudemment la voix féminine. Bonjour, répéta Pereira, je cherche mademoiselle Delaunay. Excusez-moi, mais qui êtes-vous ? demanda la voix féminine. Écoutez, madame, dit Pereira, j'ai un message urgent pour Lise Delaunay, passez-la-moi s'il vous plaît. Il n'y a aucune Lise ici, dit la voix féminine, j'ai l'impression que vous faites erreur, qui vous a donné ce numéro ? Peu importe qui me l'a donné, répliqua Pereira, en tout cas, si je ne peux pas parler à Lise, passez-moi au moins Marta. Marta ? s'étonna la voix féminine, Marta comment ? il y a tant de Marta dans ce bas monde. Pereira se souvint qu'il ne connaissait pas le nom de Marta, et il dit alors simplement : Marta est une jeune femme maigre aux cheveux blonds qui répond aussi au nom de Lise Delaunay, je suis un ami et j'ai un message important pour elle. Je suis désolée, dit la voix féminine, mais il n'y a ici aucune Marta et aucune Lise, bonjour. Le téléphone fit clic, et Pereira se retrouva avec le combiné dans la main. Il raccrocha et alla s'asseoir à sa table. Vous prendrez encore quelque chose, doutor Pereira ? demanda Manuel qui passait par là. Pereira commanda une citronnade sans sucre, puis demanda : il y a des nouvelles intéressantes ? On me les donne ce soir à huit heures, dit Manuel, j'ai un ami qui prend radio Londres, je vous raconterai tout demain, si vous le voulez.

Pereira but sa citronnade et paya l'addition. Il sortit et se dirigea vers la rédaction. Il trouva Céleste dans son cagibi, qui était encore en train de consulter le calendrier. Des nouvelles ? demanda Pereira. Il y a eu un appel pour vous, dit Céleste, c'était une femme mais elle n'a pas voulu me dire pourquoi elle téléphonait. Elle a laissé son nom ? demanda Pereira. C'était un nom étranger, répondit Céleste, mais je ne me le rappelle pas. Pourquoi ne l'avez-vous pas écrit, lui reprocha Pereira, vous devez faire la standardiste, Céleste, et prendre des notes. Déjà que j'écris mal en portugais, répondit Céleste, imaginez ce que ça donnerait avec des noms étrangers, c'était un nom compliqué. Pereira ressentit un coup au cœur et demanda : et qu'est-ce que cette personne vous a dit, qu'est-ce qu'elle vous a dit, Céleste ? Elle a dit qu'elle avait un message pour vous et qu'elle cherchait monsieur Rossi, quel drôle de nom, je lui ai répondu qu'ici il n'y avait pas de Rossi, que c'était la rédaction culturelle du *Lisboa*, ce qui fait que j'ai téléphoné à la rédaction centrale, parce que je pensais vous y trouver, je voulais vous prévenir, mais vous n'y étiez pas et je vous ai laissé le message comme quoi une femme étrangère vous cherchait, une certaine Lise, à présent cela me revient en tête. Et vous avez dit au journal qu'on cherchait monsieur Rossi ? demanda Pereira. Non, doutor Pereira, répondit Céleste d'un air malin, ça je ne l'ai pas dit, cela me semblait inutile, j'ai seulement dit qu'une certaine Lise vous cherchait, ne vous inquiétez pas, doutor Pereira, s'ils veulent vous trouver ils vous trouveront. Pereira regarda sa montre. Quatre heures de l'après-midi. Il renonça à monter et salua Céleste. Écoutez, Céleste, dit-il, je rentre chez moi, parce que je ne me sens pas très bien, si quelqu'un me téléphone, dites-lui d'appeler chez moi, peut-être que demain je ne viendrai pas à la rédaction, vous me prendrez le courrier.

Il était presque sept heures quand il arriva chez lui. Il s'attarda longuement au Terreiro do Paço, à regarder les bacs qui partaient pour l'autre rive du Tage. Cette fin d'après-midi était belle, et Pereira voulut en jouir. Il alluma un cigare et en aspira les bouffées avec avidité. Il était assis sur un banc qui donnait sur le fleuve, un mendiant muni d'un accordéon vint s'asseoir à côté de lui et lui joua de vieilles chansons de Coimbra.

Quand Pereira rentra chez lui, il ne vit pas tout de suite Monteiro Rossi, et cela l'alarma, prétend-il. Mais Monteiro Rossi était dans la salle de bains à faire ses ablutions. Je suis en train de me raser, doutor Pereira, cria Monteiro Rossi, je suis à vous dans cinq minutes. Pereira retira sa veste et dressa la table. Il mit les plats de Caldas da Rainha, ceux de la veille au soir. Sur la table, il disposa deux bougies qu'il avait achetées le matin même. Puis il se rendit à la cuisine et réfléchit à ce qu'il pouvait préparer pour le dîner. Qui sait pourquoi, l'idée lui vint de faire un plat italien, même s'il ne connaissait pas la cuisine italienne. Il songea à inventer un plat, prétend Pereira. Il préleva une épaisse tranche de jambon et la découpa en petits cubes, puis il prit deux œufs, les battit, ajouta du fromage râpé et versa le jambon ainsi que de l'origan et de la marjolaine, fit bien prendre le tout et mit ensuite une casserole d'eau à bouillir pour les pâtes. Quand l'eau commença de bouillir, il y plongea les spaghetti qui se trouvaient dans le garde-manger depuis un certain temps déjà. Monteiro Rossi arriva frais comme une rose, endossant la chemise couleur kaki de Pereira qui l'enveloppait comme un drap. J'ai eu l'idée de faire un plat italien, dit Pereira, je ne sais pas si c'est vraiment italien, peut-être est-ce une fantaisie, mais ce sont au moins des pâtes. Quel délice, s'exclama Monteiro Rossi, je n'en mange pas depuis des siècles. Pereira alluma les bougies et servit les spaghetti. J'ai essayé de téléphoner à Marta, dit-il, mais personne ne répond au premier numéro, et au second la femme qui répond fait semblant d'être stupide, j'ai même dit que je voulais parler à Marta, mais il n'y a rien eu à faire, quand je suis arrivé à la rédaction la concierge m'a dit qu'on m'avait cherché, probablement était-ce Marta, mais c'est vous qu'elle cherchait, cela a peut-être été une imprudence de sa part, en tout cas quelqu'un sait peut-être à présent que je suis en contact avec vous, je crois que cela va créer des problèmes. Et moi, qu'est-ce que je dois faire ? demanda Monteiro Rossi. Si vous avez un endroit plus sûr, il vaut mieux y aller, autrement restez ici et on verra bien, répondit Pereira. Il posa les cerises à l'eau-de-vie sur la table et il en prit une sans le jus. Monteiro Rossi s'en remplit un verre. À cet instant, ils entendirent frapper à la porte. C'était des coups décidés, comme si on voulait l'enfoncer. Pereira se demanda comment quelqu'un avait réussi à passer la porte d'entrée de l'immeuble et il resta silencieux quelques secondes. Les coups se répétèrent de manière furieuse. Qui est-ce, demanda Pereira en se levant, que voulez-vous ? Ouvrez, police, ouvrez la porte ou nous la faisons sauter à coups de revolver, répondit une voix. Monteiro Rossi recula précipitamment vers les chambres, il eut juste la force de dire : les papiers, doutor Pereira, cachez les papiers. Ils sont déjà en sécurité, le tranquillisa Pereira, et il se dirigea vers l'entrée pour ouvrir la porte. Quand il passa devant le portrait de sa femme, il jeta un regard complice à ce sourire lointain. Puis il ouvrit la porte, prétend-il.

XXIV

Pereira prétend qu'il y avait trois hommes habillés en civil, et qu'ils étaient armés de pistolets. Le premier qui entra était un petit maigrichon avec de fines moustaches et une barbiche couleur châtaine. Police politique, dit le petit maigrichon avec l'air de celui qui commandait, nous devons perquisitionner l'appartement, nous recherchons une personne. Faites-moi voir votre carte d'identification, s'opposa Pereira. Le petit maigrichon s'adressa à ses deux compagnons, deux rustauds habillés en sombre, et dit : eh, les gars, vous avez entendu, qu'est-ce que vous en pensez ? L'un des deux pointa son pistolet vers la bouche de Pereira et susurra : ça te suffit comme identification, gros lard ? Allez les gars, ne me traitez pas ainsi le doutor Pereira, c'est un brave journaliste, il écrit dans un journal en tous points respectable, peut-être un peu trop catholique, je ne le nie pas, mais aligné sur les bonnes positions. Puis il continua : écoutez, doutor Pereira, ne nous faites pas perdre de temps, nous ne sommes pas venus pour bavarder, perdre notre temps ce n'est pas notre fort, et puis nous savons que vous n'y êtes pour rien, vous êtes une brave personne, vous n'avez simplement pas compris à qui vous aviez affaire, vous avez fait confiance à un type suspect, mais nous ne voulons pas vous attirer des ennuis, laissez-nous seulement faire notre travail. Je dirige la page culturelle du *Lisboa*, dit Pereira, je veux parler à quelqu'un, je veux téléphoner à mon directeur, est-ce qu'il sait que vous êtes chez moi ? Allons, doutor Pereira, répondit le petit maigrichon d'une voix mielleuse, vous croyez que si nous menons une action de police nous allons d'abord aviser votre directeur, mais qu'est-ce que vous nous racontez là ? Vous n'êtes pas de la police, s'obstina Pereira, vous n'êtes pas qualifiés, vous êtes en civil, vous n'avez aucun permis pour entrer chez moi. Le petit maigrichon s'adressa de nouveau aux deux rustauds avec un petit sourire et dit : le propriétaire des lieux est têtu, les gars, je ne sais pas ce qu'il faudra faire pour le convaincre. L'homme qui tenait le pistolet pointé vers Pereira lui donna une vigoureuse manchette et Pereira vacilla. Arrête, Fonseca, ne fais pas ça, dit le petit maigrichon, tu ne dois pas maltraiter le doutor Pereira, sans quoi tu vas trop me l'épouvanter, c'est un homme fragile, malgré sa masse, il s'intéresse à la culture, c'est un intellectuel, le doutor Pereira doit être convaincu en douceur, sinon il va se pisser dessus. Le rustaud qui s'appelait Fonseca envoya une autre manchette à Pereira et Pereira vacilla de nouveau, prétend-il. Fonseca, dit le petit maigrichon, tu as la main trop leste, il faut que je te retienne, sinon tu vas nous saboter le travail. Puis il s'adressa à Pereira et lui dit : doutor Pereira, comme je vous l'ai dit, nous n'avons rien contre vous, nous sommes seulement venus donner une petite leçon à un jeune homme qui se trouve chez vous, quelqu'un qui en a besoin, car il ne connaît pas les valeurs de la patrie, il les a perdues, le pauvre, et nous sommes venus pour les lui faire retrouver. Pereira se frotta la joue et murmura : il n'y a personne ici. Le petit maigrichon jeta un coup d'œil autour de lui et dit : écoutez, doutor Pereira, facilitez-nous la tâche, nous devons simplement demander deux ou trois choses au jeune homme qui est votre hôte, juste un petit interrogatoire afin qu'il récupère les valeurs patriotiques, nous ne voulons rien de plus, nous sommes venus pour ça. Alors laissez-moi téléphoner à la police, insista Pereira, qu'ils viennent eux et qu'ils l'emmènent au commissariat, c'est là qu'on fait les interrogatoires, non dans un appartement. Allons, doutor Pereira, dit le maigrichon avec un petit sourire, vous n'êtes vraiment pas compréhensif, votre appartement est idéal pour un interrogatoire privé comme le nôtre, votre concierge n'est pas là, vos voisins sont partis à Porto, la soirée est tranquille et cet immeuble est tout à fait délicieux, il est plus discret qu'un bureau de police.

Puis il fit un signe au rustaud qu'il avait appelé Fonseca, et celui-ci poussa Pereira jusque dans la salle à manger. Les types regardèrent autour d'eux mais ne virent personne, seulement la table dressée avec les restes du repas. Une dînette intime, doutor Pereira, dit le petit maigrichon, je vois que vous avez fait une dînette intime aux chandelles et tout ce qu'il faut, mais comme c'est romantique. Pereira ne répondit pas. Écoutez, doutor Pereira, dit le petit maigrichon d'un air mielleux, vous êtes veuf et vous ne fréquentez pas de femmes, comme vous le voyez je sais tout sur vous, c'est pas que les petits jeunes vous plairaient, par hasard ? Pereira se passa de nouveau la main sur la joue et dit : vous êtes une personne infâme, et tout ceci est infâme. Allons, doutor Pereira, poursuivit le petit maigrichon, un homme est un homme, vous le savez aussi bien que moi, et si un homme trouve un beau petit blondinet avec un beau petit cul, on peut le comprendre. Puis, d'un ton dur et décidé, il reprit : faut-il qu'on mette la maison sens dessus dessous, ou préférez-vous pactiser ? Il est par là, répondit Pereira, dans le bureau ou dans la chambre à coucher. Le petit maigrichon donna des ordres aux deux rustauds. Fonseca, dit-il, n'aie pas la main trop lourde, je ne veux pas de problèmes, il suffit de lui donner une petite leçon et de savoir ce que nous voulons savoir, et toi, Lima, comporte-toi bien, je sais que tu as apporté la matraque et que tu la caches sous ta chemise, mais souviens-toi que je ne veux pas de coups sur la tête, au besoin sur les épaules et sur les poumons, ça fait plus mal et ça ne laisse pas de traces. D'accord commandant, répondirent les deux rustauds. Ils entrèrent dans le bureau et refermèrent la porte derrière eux. Bien, dit le petit maigrichon, bien, doutor Pereira, bavardons un peu, pendant que mes deux assistants font le travail. Je veux téléphoner à la police, répéta Pereira. La police, sourit le petit maigrichon, mais la police c'est moi, doutor Pereira, ou du moins je la remplace, car notre police aussi dort la nuit, vous savez, nous avons une police qui nous protège toute la sainte journée, mais qui le soir va dormir, parce qu'elle est épuisée, avec tous les malfaiteurs qui sont en circulation, avec toutes ces personnes qui comme votre hôte ont perdu le sens de la patrie, mais dites-moi, doutor Pereira, pourquoi vous êtes-vous fourré dans ce guêpier ? Je ne me suis fourré dans aucun guêpier, répondit Pereira, j'ai seulement engagé un stagiaire pour le *Lisboa*. Bien sûr, doutor Pereira, bien sûr, mais vous auriez dû vous informer auparavant, vous auriez dû consulter la police ou votre directeur, donner les coordonnées de votre prétendu stagiaire, vous permettez que je prenne une cerise à l'eau-de-vie ?

Pereira prétend qu'à ce moment-là, il se leva de sa chaise. Il s'était assis parce qu'il avait senti le cœur qui lui remontait dans la gorge, mais à ce moment-là, il se leva et dit : j'ai entendu des cris, je veux aller voir ce qui se passe dans ma chambre. Le petit maigrichon pointa son pistolet dans sa direction. À votre place je ne le ferais pas, doutor Pereira, dit-il, mes hommes sont en train d'accomplir un travail délicat et il vous serait désagréable d'y assister, vous êtes un homme sensible, doutor Pereira, vous êtes un intellectuel, et puis vous souffrez du cœur, certains spectacles ne vous feraient pas de bien. Je veux téléphoner à mon directeur, insista Pereira, laissez-moi téléphoner à mon directeur. Le petit maigrichon eut un sourire ironique. À cette heure votre directeur est en train de dormir, répliqua-t-il, peut-être est-il en train de dormir dans les bras d'une belle femme, vous savez, votre directeur est un vrai homme, doutor Pereira, un homme avec des couilles, pas comme vous qui cherchez le petit cul des petits blondinets. Pereira se pencha en avant et lui donna une gifle. Le petit maigrichon, brusquement, le frappa avec le pistolet, et Pereira se mit à saigner de la bouche. Il ne fallait pas faire ça, doutor Pereira, dit l'homme, on m'a recommandé d'avoir du respect à votre égard, mais tout a sa limite, je pourrais vous planter une balle dans la bouche, et je le ferais même volontiers, si je ne le fais pas, c'est seulement parce qu'on m'a dit de vous traiter avec respect, mais n'abusez pas, doutor Pereira, n'abusez pas, car je pourrais perdre patience.

Pereira prétend qu'il entendit alors un autre cri étouffé et qu'il s'élança contre la porte du bureau. Mais le petit maigrichon lui fit obstacle et le repoussa. La poussée fut plus forte que la masse de Pereira, et Pereira recula. Écoutez, doutor Pereira, ne m'obligez pas à utiliser mon pistolet, j'aurais bien envie de vous flanquer une balle dans la bouche ou peut-être dans le cœur, qui est votre point faible, mais je ne le fais pas, car nous ne voulons pas de morts, nous sommes simplement venus donner une leçon de patriotisme, et à vous aussi un peu de patriotisme vous ferait du bien, vu que votre journal ne publie rien d'autre que des écrivains français. Pereira retourna s'asseoir, prétend-il, et il dit : les écrivains français sont les seuls à avoir du courage dans un moment comme celui-ci. Laissez-moi vous dire que les écrivains français sont des merdes, dit le petit maigrichon, il faudrait tous les aligner contre un mur et, une fois morts, leur pisser dessus. Vous êtes une personne vulgaire, dit Pereira. Vulgaire, mais patriotique, répondit l'homme, je ne suis pas comme vous, doutor Pereira, qui cherchez la complicité des écrivains français.

À cet instant, les deux rustauds ouvrirent la porte. Ils semblaient nerveux et avaient l'air essoufflés. Le petit jeune ne voulait pas parler, dirent-ils, nous lui avons donné une leçon, nous avons employé la manière forte, peut-être vaut-il mieux filer. Vous avez fait un désastre ? demanda le petit maigrichon. Je ne sais pas, répondit celui qui s'appelait Fonseca, je crois qu'il vaudrait mieux se tirer. Et il se précipita vers la porte, suivi de son compagnon. Écoutez, doutor Pereira, vous ne nous avez jamais vus chez vous, ne faites pas le malin, laissez tomber vos amitiés, et considérez qu'il s'agissait d'une visite de courtoisie, la prochaine fois nous pourrions venir pour vous. Pereira ferma la porte à clé et les entendit descendre les escaliers, prétend-il. Ensuite il se précipita dans la chambre à coucher et trouva Monteiro Rossi renversé sur le tapis. Pereira lui donna une petite gifle et dit : Monteiro Rossi, ne vous laissez pas aller, c'est passé maintenant. Mais Monteiro Rossi ne donna aucun signe de vie. Alors Pereira alla à la salle de bains, mouilla un essuie-main et le lui passa sur le visage. Monteiro Rossi, répéta-t-il, tout est fini, ils sont partis, réveillez-vous. C'est à ce moment-là seulement qu'il se rendit compte que l'essuie-main était trempé de sang, et qu'il vit que les cheveux de Monteiro Rossi étaient poissés de sang, Monteiro Rossi avait les yeux écarquillés et il regardait le plafond. Pereira lui donna une autre petite gifle, mais Monteiro Rossi ne bougea pas. Pereira lui prit alors le pouls, mais la vie ne courait plus dans les veines de Monteiro Rossi. Il ferma ces yeux clairs écarquillés et lui couvrit le visage avec l'essuie-main. Puis il lui étendit les jambes, pour ne pas le laisser ainsi contracté, il les lui étendit comme doivent l'être celles d'un mort. Et il pensa qu'il devait faire vite, très vite, il ne restait désormais plus beaucoup de temps, prétend Pereira.

XXV

Pereira prétend qu'une idée folle lui vint en tête, mais peut-être pouvait-il la mettre en pratique, pensa-t-il. Il enfila son veston et sortit. Il y avait devant la cathédrale un café qui restait ouvert tard le soir et qui avait un téléphone. Pereira entra et regarda autour de lui. Dans le café se trouvait un groupe de retardataires qui jouaient aux cartes avec le patron. Le garçon était un jeune homme ensommeillé qui paressait derrière le comptoir. Pereira commanda une citronnade, se dirigea vers le téléphone et fit le numéro de la clinique de thalassothérapie de Parede. Il demanda le docteur Cardoso. Le docteur Cardoso est déjà dans sa chambre, qui le demande? dit la voix de la téléphoniste. Je suis le doutor Pereira, dit Pereira, je dois lui parler de toute urgence. Je vais vous l'appeler, mais vous devrez attendre quelques minutes, dit la téléphoniste, le temps qu'il descende. Pereira attendit patiemment jusqu'à ce que le docteur Cardoso arrive. Bonsoir, docteur Cardoso, dit

Pereira, je voudrais vous dire une chose importante, mais je ne peux pas maintenant. Que se passe-t-il, doutor Pereira, demanda le docteur Cardoso, vous ne vous sentez pas bien ? En effet, je ne me sens pas bien, répondit Pereira, mais ce n'est pas ça qui compte, le fait est que quelque chose de grave a eu lieu chez moi, je ne sais pas si mon téléphone privé est surveillé, mais peu importe, pour le moment je ne peux rien vous dire d'autre, j'ai besoin de votre aide, docteur Cardoso. Dites-moi de quelle façon, dit le docteur Cardoso. Eh bien, docteur Cardoso, dit Pereira, je vous téléphonerai demain à midi, vous devez me faire une faveur, vous devez faire semblant d'être un haut responsable de la censure, vous devez dire que mon article a reçu le visa, c'est tout. Je ne comprends pas, répliqua le docteur Cardoso. Écoutez, docteur Cardoso, dit Pereira, je vous téléphone d'un café et je ne peux pas vous donner d'explications, j'ai à la maison un problème que vous ne pouvez pas même imaginer, mais que vous apprendrez par l'édition du *Lisboa* de l'après-midi, tout y sera écrit noir sur blanc, mais vous devez me faire une grosse faveur, vous devez prétendre que mon article a votre consentement, vous avez compris ? vous devez dire que la police portugaise n'a pas peur des scandales, que c'est une police propre et qu'elle n'a pas peur des scandales. J'ai compris, dit le docteur Cardoso, j'attends votre appel demain à midi.

Pereira rentra chez lui. Il alla dans la chambre

à coucher et enleva l'essuie-main du visage de Monteiro Rossi. Il le couvrit d'un drap. Puis il alla dans le bureau et s'assit devant la machine à écrire. Il écrivit comme titre : *Un journaliste assassiné*. Puis il alla à la ligne et commença d'écrire : « Il s'appelait Francesco Monteiro Rossi, et il était d'origine italienne. Il collaborait à notre journal par des articles et des nécrologies. Il a écrit des textes sur de grands écrivains de notre époque, comme Maïakovski, Marinetti, D'Annunzio, García Lorca. Ses articles n'ont pas encore été publiés, mais peut-être le seront-ils un jour. C'était un jeune homme allègre, qui aimait la vie et qui, au lieu de cela, avait été engagé pour écrire sur la mort, tâche à laquelle il ne s'était pas soustrait. Et cette nuit, la mort est venue le chercher. Hier soir, tandis qu'il dînait chez le directeur de la page culturelle du *Lisboa*, le doutor Pereira, auteur du présent article, trois hommes armés ont fait irruption dans l'appartement. Ils se sont présentés comme étant de la police politique, mais ils n'ont montré aucun document qui confirme leurs dires. On tend à exclure qu'il s'agisse d'une vraie police, parce qu'ils étaient habillés en civil et parce qu'on espère que la police de notre pays ne recourt pas à de telles méthodes. C'étaient des êtres turbulents, qui agissaient avec la complicité d'on ne sait qui, et il serait bon que les autorités enquêtent sur cet événement abject. Celui qui les menait était un homme petit et maigrichon, avec des moustaches et une barbiche, que les deux autres appelaient commandant. Le commandant a à plusieurs reprises appelé les deux autres par leur nom. Si les noms n'étaient pas faux, ils s'appellent Fonseca et Lima, ce sont deux hommes grands et robustes, de teint basané, à l'air peu intelligent. Tandis que l'homme petit et maigrichon tenait en joue avec son pistolet celui qui écrit cet article, Fonseca et Lima ont traîné Monteiro Rossi dans la chambre à coucher pour l'interroger, selon ce qu'ils ont eux-mêmes déclaré. Celui qui écrit cet article a entendu des coups et des cris étouffés. Puis les deux hommes ont dit que le travail était terminé. Tous trois ont rapidement abandonné l'appartement de celui qui écrit cet article en le menaçant de mort s'il divulguait l'affaire. Celui qui écrit cet article s'est rendu dans la chambre à coucher et n'a rien pu faire d'autre que de constater le décès du jeune Monteiro Rossi. Il avait été battu jusqu'au sang, et des coups, assenés avec une matraque ou avec la crosse du pistolet, lui avaient fracassé le crâne. Son cadavre se trouve actuellement au second étage de Rua da Saudade numéro 22, dans la maison de celui qui écrit cet article. Il était amoureux d'une jeune fille belle et douce dont nous ne connaissons pas le nom. Nous savons seulement qu'elle avait des cheveux couleur cuivre et qu'elle aimait la culture. À cette jeune femme, si elle nous lit, nous adressons nos condoléances les plus sincères et nos salutations les plus affectueuses. Nous invitons les autorités compétentes à se pencher attentivement sur ces épisodes de violence qui, sous leur couvert, et peut-être avec la complicité de quelques-uns, sont aujourd'hui perpétrés au Portugal. »

Pereira alla à la ligne et en dessous, à droite, il mit son nom : Pereira. Il signa seulement Pereira, car c'est sous ce nom que tout le monde le connaissait, puisque c'est ainsi qu'il avait signé tous ses articles de faits divers pendant de nombreuses années.

Il leva les yeux vers la fenêtre et vit que l'aube montait au-dessus des branches des palmiers de la caserne d'en face. Il entendit une sonnerie de trompette. Pereira s'allongea dans un fauteuil et s'endormit. Quand il se réveilla, il faisait plein jour et Pereira regarda l'horloge, alarmé. Il pensa qu'il devait se dépêcher, prétend-il. Il se rasa, se mouilla le visage à l'eau fraîche et sortit. Il trouva un taxi devant la cathédrale et se fit conduire à la rédaction. Céleste était dans sa loge, elle le salua d'un air cordial. Rien pour moi ? demanda Pereira. Rien de neuf, doutor Pereira, répondit Céleste, sinon qu'ils m'ont donné une semaine de vacances. Et en lui montrant le calendrier, elle poursuivit : je rentre samedi prochain, pendant une semaine vous devrez faire sans moi, au jour d'aujourd'hui l'État protège les plus faibles, enfin, les gens comme moi, c'est pas pour rien que nous sommes une corporation. On essaiera de ne pas trop ressentir votre absence, murmura Pereira, et il monta les escaliers. Il entra dans la rédaction et prit dans les archives le dossier sur lequel était écrit « Nécrologies ». Il le mit dans une serviette en cuir et sortit. Il s'arrêta au Café Orquídea et pensa qu'il avait le temps de s'asseoir cinq minutes et boire quelque chose. Une citronnade, doutor Pereira? demanda Manuel plein de sollicitude tandis qu'il s'installait à la table. Non, répondit Pereira, je prendrai un porto sec, je préfère un porto sec. C'est nouveau, doutor Pereira, dit Manuel, et puis à une pareille heure, en tout cas je suis content, cela veut dire que vous allez mieux. Manuel lui amena un verre et lui laissa la bouteille. Écoutez, doutor Pereira, dit Manuel, je vous laisse la bouteille, si vous voulez prendre un autre verre, faites seulement, et si vous désirez un cigare, je vous l'amène tout de suite. Amène-moi un cigare léger, dit Pereira, mais à propos, Manuel, tu as un ami qui reçoit radio Londres, quelles sont les nouvelles? Il semble que les républicains soient en train de prendre une raclée, dit Manuel, mais vous savez, doutor Pereira, fit-il en baissant la voix, ils ont aussi parlé du Portugal. Ah oui, dit Pereira, et qu'est-ce qu'ils disent de nous? Ils disent que nous vivons sous une dictature, répondit le garçon, et que la police torture les gens. Toi, qu'en dis-tu, Manuel? demanda Pereira. Manuel se gratta la tête. Et vous, qu'est-ce que vous en dites, doutor Pereira? répliqua-t-il, vous êtes dans le journalisme, sur ces choses vous en connaissez un bout. Moi je dis que les Anglais ont raison, déclara Pereira. Il alluma son cigare et paya l'addition, puis il sortit et prit un taxi pour se rendre à l'imprimerie. Quand il arriva, il trouva le prote tout affairé. Le journal part en machine dans une heure, dit le prote, doutor Pereira, vous avez bien fait de mettre le récit de Camilo Castelo Branco, il est très beau, je l'ai lu à l'école quand j'étais enfant, mais il est encore très beau. Il faudra le raccourcir d'une colonne, dit Pereira, j'ai ici un article qui boucle la page culturelle, c'est une nécrologie. Pereira lui tendit la feuille, le prote la lut et se gratta la tête. Doutor Pereira, dit-il, c'est une affaire délicate, vous me l'amenez au dernier moment et il n'y a pas le visa de la censure, il me semble qu'on parle là de faits très graves. Écoutez, monsieur Pedro, dit Pereira, nous nous connaissons depuis près de trente ans, depuis l'époque où je faisais les faits divers dans le journal le plus important de Lisbonne, est-ce que je vous ai jamais causé des ennuis ? Vous ne m'en avez jamais causé, répondit le prote, mais maintenant les temps ont changé, ce n'est pas comme par le passé, à présent il y a toute cette bureaucratie et je dois la respecter, doutor Pereira. Écoutez, monsieur Pedro, dit Pereira, la censure m'a donné la permission oralement, j'ai téléphoné il y a une demi-heure depuis la rédaction, j'ai parlé avec le major Lourenço, il est d'accord. Mais il vaudrait mieux téléphoner au directeur, objecta le prote. Pereira eut un profond soupir et dit : d'accord, pas de problème, téléphonez-lui, monsieur Pedro. Le prote fit le numéro et

Pereira resta là à écouter, le cœur dans la gorge. Il comprit que le prote parlait avec mademoiselle Filipa. Le directeur est sorti déjeuner, dit monsieur Pedro, j'ai parlé avec la secrétaire, il ne rentrera pas avant trois heures. À trois heures le journal est déjà prêt, dit Pereira, on ne peut pas attendre jusqu'à trois heures. Non, en effet, on ne peut vraiment pas, dit le prote, je ne sais pas quoi faire, doutor Pereira. Écoutez, suggéra Pereira, la meilleure chose à faire est de téléphoner directement à la censure, peut-être réussirons-nous à parler au major Lourenço. Le major Lourenço, s'exclama le prote comme s'il avait eu peur de ce nom, avec lui directement? C'est un ami, dit Pereira avec une feinte désinvolture, je lui ai lu mon article ce matin, il est parfaitement d'accord, je lui parle tous les jours, monsieur Pedro, c'est mon travail. Pereira prit le téléphone et composa le numéro de la clinique de thalassothérapie de Parede. Il entendit la voix du docteur Cardoso. Allô, major, dit Pereira, je suis le doutor Pereira du *Lisboa*, je suis à l'imprimerie pour insérer l'article que je vous ai lu ce matin, mais le typographe est indécis, parce qu'il manque votre visa timbré, voyez un peu si vous pouvez le convaincre, je vous le passe. Il tendit le combiné au prote et observa celui-ci tandis qu'il parlait. Monsieur Pedro commença d'acquiescer. Bien sûr, monsieur le major, disait-il, d'accord, monsieur le major. Puis il posa le combiné et regarda Pereira. Alors? demanda Pereira. Il dit que la police portugaise n'a pas peur de ces scandales, dit le typographe, qu'il y a des malfaiteurs en circulation qui doivent être dénoncés et que votre article doit sortir aujourd'hui, doutor Pereira, voilà ce qu'il m'a dit. Puis il poursuivit : et il m'a dit aussi : dites au doutor Pereira d'écrire un article sur l'âme, car nous en avons tous besoin, c'est ce qu'il m'a dit, doutor Pereira. Il aura voulu plaisanter, dit Pereira, de toute façon je lui parlerai demain.

Il laissa son article à monsieur Pedro et sortit. Il se sentait épuisé et avait les intestins tout barbouillés. Il pensa s'arrêter pour manger un sandwich au café du coin, et, au lieu de cela, il commanda une citronnade. Puis il prit un taxi et se fit conduire jusqu'à la cathédrale. Il entra chez lui avec précaution, craignant que quelqu'un ne l'attendît. Mais il n'y avait personne chez lui, seulement un grand silence. Il alla dans la chambre à coucher et jeta un regard sur le linge qui recouvrait le corps de Monteiro Rossi. Puis il prit une petite valise, y mit le strict nécessaire et le dossier des nécrologies. Il alla dans la bibliothèque et commença de feuilleter les passeports de Monteiro Rossi. Il en trouva finalement un qui pouvait lui convenir. C'était un beau passeport français, très bien fait, la photographie était celle d'un gros homme avec des cernes sous les yeux, et l'âge correspondait. Il s'appelait Baudin, François Baudin. Cela parut un beau nom à Pereira. Il le fourra dans la valise et prit le portrait de sa femme. Je t'emmène avec moi, lui dit-il, c'est mieux que tu viennes avec moi. Il le mit face par-dessus, pour qu'elle respire bien. Puis il jeta un regard autour de lui et consulta sa montre.

Il valait mieux se dépêcher, le *Lisboa* allait sortir sous peu et il n'y avait pas de temps à perdre, prétend Pereira.

25 août 1993

NOTE POUR LA DIXIÈME
ÉDITION ITALIENNE [1]

Le doutor Pereira me visita pour la première fois un soir de septembre 1992. À cette époque, il ne s'appelait pas encore Pereira, il n'avait pas encore les traits bien définis, c'était quelque chose de vague, de fuyant et de flou, mais il avait déjà envie d'être le protagoniste d'un livre. Il était simplement un personnage en quête d'auteur. Je ne sais pourquoi c'est justement moi qu'il a choisi pour être raconté. Une des hypothèses possibles est que le mois précédent, par une torride journée d'août à Lisbonne, j'avais moi aussi fait une visite. Je me souviens de ce jour avec une grande netteté. J'achetai le matin un quotidien de la ville et je lus la notice annonçant qu'un vieux journaliste était décédé à l'Ospital de Santa Maria de Lisbonne, et que sa dépouille était visible pour un dernier hommage dans la chapelle dudit hôpital. Par discrétion, je ne désire pas révéler le nom de cette personne. Je dirai simplement que c'était une personne que j'avais brièvement connue à Paris, à la fin des années soixante, quand il écrivait dans un journal parisien en tant qu'exilé portugais. C'était un homme qui avait exercé son métier de journaliste dans les années quarante et cinquante, au Portugal, sous la dictature de Salazar. Et il avait réussi à jouer un bon tour à la dictature salazariste en publiant dans un journal portugais un article

---

1. Le présent texte a d'abord été publié dans *Il Gazzettino*, en septembre 1994.

féroce contre le régime. Ensuite, il avait naturellement eu de sérieux problèmes avec la police et il avait dû choisir la voie de l'exil. Je savais qu'après les événements de soixante-quatorze, quand le Portugal retrouva la démocratie, il était retourné dans son pays, mais je ne l'avais plus rencontré. Il n'écrivait plus, il était à la retraite, je ne sais comment il vivait, il avait été malheureusement oublié. À cette époque, le Portugal vivait la vie convulsive et agitée d'un pays qui retrouvait la démocratie après cinquante ans de dictature. C'était un pays jeune, dirigé par des gens jeunes. Personne ne se souvenait plus d'un vieux journaliste qui, à la fin des années quarante, s'était opposé avec détermination à la dictature salazariste.

J'allai visiter la dépouille à deux heures de l'après-midi. La chapelle de l'hôpital était déserte. Le cercueil était ouvert. Ce monsieur était catholique, et on lui avait posé un christ en bois sur la poitrine. Je restai auprès de lui une dizaine de minutes. C'était un vieillard robuste, et même gros. Quand je l'avais connu à Paris, c'était un homme dans la cinquantaine, alerte et svelte. La vieillesse et peut-être une vie difficile avaient fait de lui un vieillard gras et flasque. Au pied du cercueil, sur un petit pupitre, se trouvait un registre ouvert où étaient consignées les signatures des visiteurs. Quelques noms y étaient inscrits, mais je ne connaissais personne. Peut-être étaient-ce ses anciens collègues, des gens qui avaient vécu les mêmes batailles à ses côtés, des journalistes à la retraite.

En septembre, comme je l'ai dit, Pereira me visita à son tour. Sur le moment je ne sus quoi lui dire, et pourtant je compris confusément que cette vague apparition qui se présentait sous l'aspect d'un personnage littéraire était un symbole et une métaphore : d'une certaine façon, c'était la transposition fantasmatique du vieux journaliste à qui j'étais allé rendre un dernier hommage. Je me sentis embarrassé, mais je l'accueillis avec affection. Par cette soirée de septembre, je compris vaguement qu'une âme en train de voyager dans l'air avait besoin de moi pour se raconter, pour décrire un choix, un tourment, une vie. Dans cet espace privilégié qui précède le moment du sommeil et qui est pour moi l'espace le plus adéquat pour recevoir la visite de mes personnages, je lui dis de revenir d'autres fois encore, de se confier à moi, de me raconter son histoire. Il revint et je lui trouvai tout de suite un nom : Pereira. En portugais, Pereira signifie poirier, et comme tous les noms d'arbres fruitiers, c'est un nom d'origine juive, de la même façon qu'en Italie les noms d'origine juive sont des noms de ville. J'ai voulu ainsi rendre hommage à un peuple qui a laissé une trace importante dans la civilisation portugaise et qui a subi les grandes injustices de l'Histoire. Mais il y avait un autre motif, d'origine littéraire celui-là, qui me poussait vers ce nom : un petit intermède d'Eliot intitulé *What about Pereira ?* dans lequel deux amis, au cours de leur dialogue, évoquent un mystérieux Portugais appelé Pereira, dont on ne saura jamais rien. De mon Pereira, par contre, je commençais à connaître beaucoup de choses. Lors de ses visites nocturnes, il me racontait qu'il était veuf, cardiaque et malheureux. Qu'il aimait la littérature française, en particulier les écrivains catholiques de l'entre-deux-guerres, comme Mauriac et Bernanos, qu'il était obsédé par l'idée de la mort, que son meilleur confident était un franciscain appelé Père António, à qui il confessait craintivement son hérésie de ne pas croire à la résurrection de la chair. Par la suite, les confessions de Pereira, unies à l'imagination de celui qui écrit ces quelques lignes, firent le reste. Je trouvai pour Pereira un mois crucial de sa vie, un mois torride, celui d'août 1938. Je repensai à l'Europe au bord du désastre de la Seconde Guerre mondiale, à la guerre civile espagnole, aux tragédies de notre passé proche. Et durant l'été quatre-vingt-treize, lorsque Pereira, devenu un vieil ami, m'eut raconté sa vie, je pus me mettre à l'écrire. Je l'écrivis à Vecchiano, durant deux mois, eux aussi torrides, de travail intense et furieux. Par une heureuse coïncidence, je finis d'écrire la dernière page le 25 août 1993. Et je voulus enregistrer cette date sur la page, car c'est pour moi un jour important : l'anniversaire de ma fille. Cela me parut être un signe, un bon augure. Le jour heureux de la naissance d'un de mes enfants, naissait aussi l'histoire de la vie d'un homme, grâce à la force de l'écriture. Peut-être tout cela a-t-il sa signification, dans la trame insondable des événements que les dieux nous réservent.

ANTONIO TABUCCHI

DU MÊME AUTEUR

Aux Éditions Gallimard

TRISTANO MEURT. Une vie. Prix Méditerranée étranger 2005, élu Meilleur livre de l'année 2004 par la rédaction de *Lire* (Folio n° 4386).

LE FIL DE L'HORIZON. Traduction révisée en 2006 (Folio n° 4384).

L'ANGE NOIR. Traduction révisée en 2008 (Folio n° 4613).

PETITES ÉQUIVOQUES SANS IMPORTANCE. Nouvelle traduction en 2006 (Folio n° 4609).

LE JEU DE L'ENVERS (Folio n° 4385).

PIAZZA D'ITALIA (Folio n° 4818).

RÊVES DE RÊVES (Folio n° 4479).

REQUIEM (Folio n° 4383).

LE TEMPS VIEILLIT VITE (Folio n° 5154).

PEREIRA PRÉTEND (Folio n° 5096).

LA TÊTE PERDUE DE DAMASCENO MONTEIRO (Folio n° 5227).

UNE MALLE PLEINE DE GENS (Folio n° 5346).

VOYAGES ET AUTRES VOYAGES (Arcades n° 107).

POUR ISABEL. Un mandala (Folio n° 6336).

NOCTURNE INDIEN. Nouvelle traduction en 2015 (Folio n° 6335).

DIALOGUES MANQUÉS.

Aux Éditions du Seuil

LES TROIS DERNIERS JOURS DE FERNANDO PESSOA.
LA NOSTALGIE, L'AUTOMOBILE ET L'INFINI.
AUTOBIOGRAPHIES D'AUTRUI.
AU PAS DE L'OIE : CHRONIQUES DE NOS TEMPS OBSCURS.

COLLECTION FOLIO

Dernières parutions

6210. Collectif — *Paris sera toujours une fête*
6211. André Malraux — *Malraux face aux jeunes*
6212. Saul Bellow — *Les aventures d'Augie March*
6213. Régis Debray — *Un candide à sa fenêtre. Dégagements II*
6214. Jean-Michel Delacomptée — *La grandeur. Saint-Simon*
6215. Sébastien de Courtois — *Sur les fleuves de Babylone, nous pleurions. Le crépuscule des chrétiens d'Orient*
6216. Alexandre Duval-Stalla — *André Malraux - Charles de Gaulle : une histoire, deux légendes*
6217. David Foenkinos — *Charlotte*, avec des gouaches de Charlotte Salomon
6218. Yannick Haenel — *Je cherche l'Italie*
6219. André Malraux — *Lettres choisies 1920-1976*
6220. François Morel — *Meuh !*
6221. Anne Wiazemsky — *Un an après*
6222. Israël Joshua Singer — *De fer et d'acier*
6223. François Garde — *La baleine dans tous ses états*
6224. Tahar Ben Jelloun — *Giacometti, la rue d'un seul*
6225. Augusto Cruz — *Londres après minuit*
6226. Philippe Le Guillou — *Les années insulaires*
6227. Bilal Tanweer — *Le monde n'a pas de fin*
6228. Madame de Sévigné — *Lettres choisies*
6229. Anne Berest — *Recherche femme parfaite*
6230. Christophe Boltanski — *La cache*
6231. Teresa Cremisi — *La Triomphante*
6232. Elena Ferrante — *Le nouveau nom. L'amie prodigieuse, II*

6233. Carole Fives — *C'est dimanche et je n'y suis pour rien*
6234. Shilpi Somaya Gowda — *Un fils en or*
6235. Joseph Kessel — *Le coup de grâce*
6236. Javier Marías — *Comme les amours*
6237. Javier Marías — *Dans le dos noir du temps*
6238. Hisham Matar — *Anatomie d'une disparition*
6239. Yasmina Reza — *Hammerklavier*
6240. Yasmina Reza — *« Art »*
6241. Anton Tchékhov — *Les méfaits du tabac* et autres pièces en un acte
6242. Marcel Proust — *Journées de lecture*
6243. Franz Kafka — *Le Verdict – À la colonie pénitentiaire*
6244. Virginia Woolf — *Nuit et jour*
6245. Joseph Conrad — *L'associé*
6246. Jules Barbey d'Aurevilly — *La Vengeance d'une femme* précédé du *Dessous de cartes d'une partie de whist*
6247. Victor Hugo — *Le Dernier Jour d'un Condamné*
6248. Victor Hugo — *Claude Gueux*
6249. Victor Hugo — *Bug-Jargal*
6250. Victor Hugo — *Mangeront-ils ?*
6251. Victor Hugo — *Les Misérables. Une anthologie*
6252. Victor Hugo — *Notre-Dame de Paris. Une anthologie*
6253. Éric Metzger — *La nuit des trente*
6254. Nathalie Azoulai — *Titus n'aimait pas Bérénice*
6255. Pierre Bergounioux — *Catherine*
6256. Pierre Bergounioux — *La bête faramineuse*
6257. Italo Calvino — *Marcovaldo*
6258. Arnaud Cathrine — *Pas exactement l'amour*
6259. Thomas Clerc — *Intérieur*
6260. Didier Daeninckx — *Caché dans la maison des fous*
6261. Stefan Hertmans — *Guerre et Térébenthine*
6262. Alain Jaubert — *Palettes*
6263. Jean-Paul Kauffmann — *Outre-Terre*

6264. Jérôme Leroy	*Jugan*
6265. Michèle Lesbre	*Chemins*
6266. Raduan Nassar	*Un verre de colère*
6267. Jón Kalman Stefánsson	*D'ailleurs, les poissons n'ont pas de pieds*
6268. Voltaire	*Lettres choisies*
6269. Saint Augustin	*La Création du monde et le Temps*
6270. Machiavel	*Ceux qui désirent acquérir la grâce d'un prince...*
6271. Ovide	*Les remèdes à l'amour* suivi de *Les Produits de beauté pour le visage de la femme*
6272. Bossuet	*Sur la brièveté de la vie et autres sermons*
6273. Jessie Burton	*Miniaturiste*
6274. Albert Camus – René Char	*Correspondance 1946-1959*
6275. Erri De Luca	*Histoire d'Irène*
6276. Marc Dugain	*Ultime partie. Trilogie de L'emprise, III*
6277. Joël Egloff	*J'enquête*
6278. Nicolas Fargues	*Au pays du p'tit*
6279. László Krasznahorkai	*Tango de Satan*
6280. Tidiane N'Diaye	*Le génocide voilé*
6281. Boualem Sansal	*2084. La fin du monde*
6282. Philippe Sollers	*L'École du Mystère*
6283. Isabelle Sorente	*La faille*
6285. Jules Michelet	*Jeanne d'Arc*
6286. Collectif	*Les écrivains engagent le débat. De Mirabeau à Malraux, 12 discours d'hommes de lettres à l'Assemblée nationale*
6287. Alexandre Dumas	*Le Capitaine Paul*
6288. Khalil Gibran	*Le Prophète*
6289. François Beaune	*La lune dans le puits*

6290.	Yves Bichet	*L'été contraire*
6291.	Milena Busquets	*Ça aussi, ça passera*
6292.	Pascale Dewambrechies	*L'effacement*
6293.	Philippe Djian	*Dispersez-vous, ralliez-vous !*
6294.	Louisiane C. Dor	*Les méduses ont-elles sommeil ?*
6295.	Pascale Gautier	*La clef sous la porte*
6296.	Laïa Jufresa	*Umami*
6297.	Héléna Marienské	*Les ennemis de la vie ordinaire*
6298.	Carole Martinez	*La Terre qui penche*
6299.	Ian McEwan	*L'intérêt de l'enfant*
6300.	Edith Wharton	*La France en automobile*
6301.	Élodie Bernard	*Le vol du paon mène à Lhassa*
6302.	Jules Michelet	*Journal*
6303.	Sénèque	*De la providence*
6304.	Jean-Jacques Rousseau	*Le chemin de la perfection vous est ouvert...*
6305.	Henry David Thoreau	*De la simplicité !*
6306.	Érasme	*Complainte de la paix*
6307.	Vincent Delecroix/ Philippe Forest	*Le deuil. Entre le chagrin et le néant*
6308.	Olivier Bourdeaut	*En attendant Bojangles*
6309.	Astrid Éliard	*Danser*
6310.	Romain Gary	*Le Vin des morts*
6311.	Ernest Hemingway	*Les aventures de Nick Adams*
6312.	Ernest Hemingway	*Un chat sous la pluie*
6313.	Vénus Khoury-Ghata	*La femme qui ne savait pas garder les hommes*
6314.	Camille Laurens	*Celle que vous croyez*
6315.	Agnès Mathieu-Daudé	*Un marin chilien*
6316.	Alice McDermott	*Somenone*
6317.	Marisha Pessl	*Intérieur nuit*
6318.	Mario Vargas Llosa	*Le héros discret*
6319.	Emmanuel Bove	*Bécon-les-Bruyères* suivi du *Retour de l'enfant*
6320.	Dashiell Hammett	*Tulip*
6321.	Stendhal	*L'abbesse de Castro*

6322. Marie-Catherine Hecquet	*Histoire d'une jeune fille sauvage trouvée dans les bois à l'âge de dix ans*
6323. Gustave Flaubert	*Le Dictionnaire des idées reçues*
6324. F. Scott Fitzgerald	*Le réconciliateur* suivi de *Gretchen au bois dormant*
6325. Madame de Staël	*Delphine*
6326. John Green	*Qui es-tu Alaska ?*
6327. Pierre Assouline	*Golem*
6328. Alessandro Baricco	*La Jeune Épouse*
6329. Amélie de Bourbon Parme	*Le secret de l'empereur*
6330. Dave Eggers	*Le Cercle*
6331. Tristan Garcia	*7. romans*
6332. Mambou Aimée Gnali	*L'or des femmes*
6333. Marie Nimier	*La plage*
6334. Pajtim Statovci	*Mon chat Yugoslavia*
6335. Antonio Tabucchi	*Nocturne indien*
6336. Antonio Tabucchi	*Pour Isabel*
6337. Iouri Tynianov	*La mort du Vazir-Moukhtar*
6338. Raphaël Confiant	*Madame St-Clair. Reine de Harlem*
6339. Fabrice Loi	*Pirates*
6340. Anthony Trollope	*Les Tours de Barchester*
6341. Christian Bobin	*L'homme-joie*
6342. Emmanuel Carrère	*Il est avantageux d'avoir où aller*
6343. Laurence Cossé	*La Grande Arche*
6344. Jean-Paul Didierlaurent	*Le reste de leur vie*
6345. Timothée de Fombelle	*Vango, II. Un prince sans royaume*
6346. Karl Ove Knausgaard	*Jeune homme, Mon combat III*
6347. Martin Winckler	*Abraham et fils*

Composition CPI Bussière
Impression Novoprint
à Barcelone, le 20 octobre 2017
Dépôt légal : octobre 2017
1er dépôt légal dans la collection : juin 2010.
ISBN 978-2-07-033842-9./Imprimé en Espagne.

329029